U0924440

世界文学名著名译典藏

绿野仙踪

[美] 弗兰克·鲍姆◎著　曾建华◎译

长江出版传媒 | 长江文艺出版社

序

民间传说、传奇故事、神话和童话故事与每一个时代的青少年相伴相随，每一个心智健康的青少年对超越现实、古幻神奇的故事都有着一种情不自禁的喜爱之心。例如，格林和安徒生童话中带翅膀的天使就比人类其他的创造物更能深入到孩子们的心灵中，给他们带来更多的幸福。

然而，那些流传了几个世纪的古老神话故事，应该作为“历史著作”尘封于儿童文库之中，因为时代要求我们创作出与其风格迥异的“神话故事”。在这些神话故事中没有因循相袭的神怪、小矮人和仙女，更没有作为为了道德说教而穿插其中的令人胆战心寒的嗜血场景。现代教育中已蕴涵着道德教育，因而现代儿童可以尽情享受现代神话故事带给他们的无穷乐趣，而大可不必浸淫于令人不快的可怖故事情景中而不能自拔。

秉承这一宗旨，“绿野仙踪”这一神话故事写作的唯一目的是为现代青少年提供一种纯粹娱乐的方式。在这本现代神话故事中，青少年朋友可以享受到探险的刺激与乐趣，而绝不会受到梦魇般可怖故事情节的困扰。

L. 弗兰克·鲍姆

芝加哥，1900 年 4 月

目录

Contents

1 不请自来的龙卷风

多萝茜和亨利伯伯、埃姆婶婶一起住在堪萨斯大草原的中部。亨利伯伯是一个农夫，埃姆婶婶是亨利伯伯的老婆，自然就是一个农妇了。他们住的房子不大，因为盖房子用的原木要用牛车从几英里外的地方运来，可费劲了。房子有四堵板壁，加上屋顶和地板，当然，房子的形状一般也都是这个模样的。房间中有一只锈迹斑斑的炉子，有一架摆放碗碟的橱柜，一张桌子，三四把椅子和两张床。亨利伯伯和埃姆婶婶睡的一张大床摆放在房间的一个角落里；多萝茜睡的另一张小床放在对面的另一个角落里。房间内既没有阁楼，也没有地下室，只是在地板中央挖了一个小洞——他们管它叫龙卷风避难洞。因为当龙卷风刮起时，一路上的建筑物几乎无一能够幸免于难，这时全家人可以躲进洞中逃过一劫。他们在洞口上方安了一个可以向上掀起的木门，走下安在洞口的梯子就可以进入漆黑一团的洞里。

有一天多萝茜站在门口向四周张望，目光所及之处是一片灰蒙蒙的大草原。在这一片远及天际的平坦原野上，既见不到房子，也看不到树木。骄阳炙烤着犁过的土地，灰褐色的泥块上布满了细微的裂缝。随处可见的青草在太阳的暴晒下卷起了叶片，已失去了草绿的原色，与灰蒙蒙的大地浑为一体。房子原先是刷过油漆的，但在太阳的照晒和雨水的冲刷下，失去了原先光亮的色彩，早已与四周灰暗的景色融为一体了。

埃姆婶婶刚到这儿时是一位年轻漂亮的新娘，但风吹日晒的生活已彻底改变了她的模样。她的目光原先是顾盼生辉的，现在已暗淡无光；她的双颊与嘴唇的颜色原先是娇艳鲜美的，现在也已经灰褐失色。她的身材早已干瘪消瘦，人们再也见不到她的笑靥如花了。

多萝茜原先是一个孤儿，当她第一次被带到埃姆婶婶面前时，她那银铃般的笑声曾使得埃姆婶婶惊恐得用手捂住心口。而后每当埃姆婶婶听到多萝茜愉快的尖叫声时，她都会睁大双眼紧盯住多萝茜，心中暗忖道这世上到底有什么事情值得这个小女孩大惊小怪的。

亨利伯伯也从来不笑。他从早到晚辛勤地劳作着，不知快乐为何物。他整个人也是灰色调的，这一点从他的长胡须和脚上穿的做工粗糙的长筒靴上就可以瞧出来。他总是神色冷峻，一整天也难得说上一句话。

这世上只有托托能逗多萝茜发笑，从而将她从四周灰蒙蒙的沉闷气氛中解救出来。托托可不是灰色的，它是一只小黑狗，浑身长着丝绸般光滑的长毛，小巧滑稽的鼻子两旁长着一双又黑又亮的小眼睛，常欢快地眨动着。托托每天嬉闹不休，而多萝茜不时地和它玩耍着，深深地爱着它。

然而今天他们可没有嬉闹的心情了。亨利伯伯心情焦灼地坐在门阶上，两眼直勾勾地紧盯着天空，天色是比以前更加灰暗了。多萝茜将托托抱在怀中，站在门里，双眼也紧盯着天空。埃姆婶婶在房里清洗着碗碟。

他们听到了从遥远的北方吹来的低沉风声，亨利伯伯和多萝茜看到户外茂密的野草在暴风中齐刷刷地弯下了腰，作着波浪状的起伏。这时从南边也传来了呼啸的风声，他们转过脸去，看到在那个方向野草也在风中摇摆着。

亨利伯伯猛地一下站起身来。

他朝着妻子大声喊道：“埃姆，龙卷风来了。我去照看一下家畜。”然后，他便朝圈养着牛、马的牲畜棚奔去。

埃姆婶婶放下手中的活儿几步赶到了门前，她朝门外瞅了一眼就知道危险已迫在眉睫。

“赶快，多萝茜！”她惊呼道，“快躲到地洞里面去！”

托托惊得从多萝茜的怀中跳了出来，一头躲到了床下，小女孩伸手去抓它。

埃姆婶婶惊恐万分地一下掀开了洞口上的门，顺着梯子下到了漆黑一团的洞里。

多萝茜费了好大的劲才将托托抓了回来，紧跟着婶婶朝洞口奔去。就在她快要跑到房间中央时，她听到一声尖啸的风声，紧接着房子剧烈地摇晃起来。她站立不稳，一屁股跌坐在了地板上。

这时，一件不可思议的事情发生了。

房子在原地转了两三圈了，缓慢地离开了地面，多萝茜觉得她仿佛是坐在气球里似的升到了空中。

南、北向的两股风在房子上空交汇，形成了龙卷风中心，中心的空气几乎是静止不动的，但房子四周所遭受的强大风压使房子愈升愈高，一直升到了龙卷风的顶部。房子被龙卷风托着数英里接着数英里地向远方飘去，轻易得就像你手中托着一根羽毛前行。

这时四周一片黑暗，风声在多萝茜四周呼啸着，但除了开始时多萝茜发觉房子有时颠簸得厉害外，大部分时间里她都觉得就像婴儿睡在轻轻摇动的摇篮里似的。总的说来，这次“旅行”倒是显得蛮惬意的。

托托却不太喜欢眼前发生的一切，它在房子里东跑西窜，不停地大声吠叫着。多萝茜神态自若地端坐在地板上，只等着看龙卷风如何收场。

有一次托托跑到了洞口边，一不小心掉了进去。起先小女孩觉得她已经失去托托了，但不一会儿她却发现托托的两只耳朵露出了洞口，原来房子外面的气压太高，顶住了托托的身体，使它不至于掉下去。多萝茜爬到洞口，揪住托托的一只耳朵将它重新拽进了房内。为了不致再发生意外情况，她随手关上了那活动的地板门。

时间一小时一小时地过去了，多萝茜逐渐克服了内心的恐惧感，但她觉得自己孤苦伶仃的，而且四周的风声实在太大，她觉得自己几乎都要变成聋子了。起初她认为房子要是掉到地面上，她就会被摔成肉饼；但时间已经过去了几个小时，什么可怕的事情都没有发生，她也就不再担心了。她静下心来，决心要看一看事情的结局。最后，她爬过摇晃不定的地板来到她的床前，躺了上去，托托也跟着躺在了她的身边。

尽管房子还在不停地摇晃着，风声也哀号个不停，多萝茜闭上双眼，不一会儿就进入了梦乡。

2　会见芒奇金人

多萝茜突然被一阵剧烈的摇晃所惊醒。如果不是躺在柔软的床上，她可能就会受伤了。就算这样，她也被摇晃得屏住了呼吸，不知道到底发生了什么事情，而托托将它那冰凉的小鼻子贴在她的脸上，悲哀地呜叫着。

多萝茜坐起身，发现房子稳住不动了。房内也不像以前那么黑暗了，因为明媚的阳光从窗口照了进来，照亮了整间房子。多萝茜从床上一跃而起，跑过去打开房门，托托紧紧地跟在了她的身后。

小女孩环顾着眼前一派奇异的景色，情不自禁地发出了一声惊呼，眼睛也越睁越大。

龙卷风十分缓慢地——就龙卷风的威力而言——将房子放在了一块美丽田野的中央，四周是成片的绿色草地，有高大的结着丰硕果实的树木点缀其间，原野上盛开着簇簇鲜花，各色鸟儿披着艳丽异常的羽衣啁啾着在树林和灌木丛中穿梭般地飞来飞去。不远处有一条涓细的溪流，潺潺的溪水在绿色的护岸间欢快地流动着，这声音对这位从小生活在干燥、灰蒙蒙的大草原上的小女孩来说，无异于是天底下最美妙的音乐。

正当她高兴地站在那儿欣赏这片奇异美妙的自然景色时，她看到有一群人正在向她走来，她以前从来没有看见过模样如此怪异的人。他们不像她以前见过的成年人那般高大，但也不是十分矮小。就多萝茜的年龄而言，她算得上是一个高个子女孩，而他们看上去跟她差不多高，但从外表上看来，他们的年龄可要比她大得多了。

来的人中有三个男人，一个女人，都穿着稀奇古怪的衣服。他们的头上都戴着一顶圆帽子，帽子中央耸起一个足有一英尺长的小尖顶，帽檐上挂满了小铃铛，走动起来丁当作响，声音好听极了。男人们的帽子是蓝色的，那个身材较矮的女人的帽子是白色的。女人身穿一件白袍子，肩部起着皱褶，上面缀满了小星，在太阳光的映照下闪烁如宝石。男人们穿着蓝色的衣裳，色调与他们所戴的小帽相仿，脚上穿着光亮的靴子，靴子的上面缠着深蓝色的绑腿布。多萝茜暗自想道，这些男人大概和亨利伯伯一样老了，因为他们中间的两个已经长胡子了。确定无疑的是那个小妇人的年纪要更大一些，因为她已是满脸皱纹，头发已经苍白，走起路来也是一副颤巍巍的模样。

当他们走近木板房的时候，多萝茜正站在房门口。他们停下脚步窃窃私语着，显露出一副害怕靠近木板房的表情。终于，那位小老妇人走到多萝茜身边，深深地朝她鞠躬，用一种甜甜的声音对多萝茜说道：

“最尊贵的女魔术家，欢迎你来到芒奇金人居住的土地上。我们万分地感激你，因为是你亲手杀死了东方恶女巫，使我们从此摆脱了她的奴役。”

多萝茜听着这些没来由的话，心中感到茫然不解：这个小老妇人称她为“女魔术家”，还说她亲手杀死了“东方恶女巫”，这话到底是什么意思？多萝茜只不过是一个天真善良的小女孩，被龙卷风挟带着背井离乡来到这里，而且在她的一生中她从未杀过任何人。但是很明显，这个小老妇人正急切地等待着她的回答，多萝茜只好犹犹豫豫地回答道：“谢谢你，但你一定是弄错了，我可从来都没有杀过什么人呀。”

“话可不能这么说，至少是你的房子干的，”那个小老妇人咻咻地笑着说，“瞧呀，这就是事实！”她用手指着房子的一角继续说道，“她的两只脚仍然露出在一块木板下面呢。”

多萝茜顺着她的手势一瞧，吓得轻轻地喊叫了一声。可不是吗？在那间木板房大梁的角落下面，有两只脚伸了出来，脚上还穿着一双尖头的银鞋。

“哎呀！哎呀！”多萝茜尖声叫着，两只手紧张得绞在了一起，“一定是房子将她压死的。我们现在该怎么办呢？”

可是那小老妇人却镇定地说道：“没有什么事情可办呢。”

“不过她到底是谁呢？”多萝茜大惑不解地问道。

“她就是我刚才提过的东方恶女巫，”小老妇人答道，“她已经奴役芒奇金人许多年了，她让他们不分日夜地做她的奴隶。现在，他们终于自由了，而这一切都是源于你的恩赐。”

多萝茜顺着她的手势一瞧，吓得轻轻地喊叫了一声。可不是吗？在那间木板房大梁的角落下面，有两只脚伸了出来，脚上还穿着一双尖头的银鞋。

多萝茜问道："芒奇金人是谁?"

"他们是这片东方国土上的普通老百姓，这片土地是由恶女巫管制着的。"

"你是一个芒奇金人吗?" 多萝茜问道。

"不是。我虽然居住在北方的国土上，却是芒奇金人的朋友。芒奇金人看到东方恶女巫死了后，就派了一个腿脚最快的信使给我报信，然后我就迅速赶了过来。我是北方女巫。"

"啊，天哪!" 多萝茜兴奋地叫道，"你是一个真女巫吗?"

小老妇人回答道："是的，当然是真的。不过我可是个好女巫，人们都喜欢我。我只是没有以前统制过这里的恶女巫有力罢了，要不然，我早就将这儿的人们给解放了。"

小女孩面对一个真女巫总难免有些害怕，她胆怯地说道："但是，我以前认为，所有的女巫都是邪恶的。"

"啊，不是这样的，这是一个天大的错误。在全奥芝这块地方，总共只有四个女巫：其中有两个，分别住在北方和南方，她们是好女巫，这是千真万确的，绝对不会弄错的，因为我自已就是其中的一个；还有两个分别住在东方和西方，她们确实是恶女巫。现在，你已经杀死了其中的一个，那么，在全奥芝这块地方，只剩下一个恶女巫了——那就是西方女巫。"

多萝茜想了一会儿，然后说道："但是，埃姆婶婶曾经告诉过我，女巫们全都死光了——在好多好多年以前。"

小老妇人不解地问道："埃姆婶婶是谁?"

"她是我的婶婶，住在堪萨斯，我就是从那儿来的。"

北方女巫低下头，眼睛瞅着地面，好像思考了一会儿，然后抬起头来说道："我不知道堪萨斯在哪儿，因为我从来没有听人提起过这个国家，但是请你告诉我，那是一个文明的国家吗？"

"啊，当然是啦！"多萝茜回答道。

"这就对上了。我想，在文明的国家里都没有女巫能够留下来，这同那里没有男巫、没有女魔术家，也没有男魔术家的道理是一样的。但是，你要明白，奥芝这块地方因为与世隔绝，还远没有达到文明的程度，所以在我们中间还有女巫和男巫。"

多萝茜问道："谁是男巫？"

北方女巫压低嗓门耳语道："奥芝本人就是一个大巫师，他的力量比我们几个合在一起的力量还要强大。他就住在翡翠城中。"

多萝茜正准备问她其他的问题，但先前一直默默无声地站在一旁的芒奇金人忽然大喊了一声，同时用手指着恶女巫躺着的房间角落。

"出了什么事？"小老妇人问道，同时朝那个方向瞅了一眼，不禁大笑起来。那死女巫的一双脚已无影无踪了，只留下了那一双银鞋。

"她老得实在是太厉害了。"北方女巫对多萝茜解释道，"太阳一晒，她就蒸发了，这就是她的下场。但是这双银鞋现在已经属于你了，你穿上它吧。"

她走过去弯下腰拾起那双鞋子，用手拂去沾在上面的灰尘，将它们塞在多萝茜的手中。

"这双银鞋是东方女巫的骄傲，"一个芒奇金人解释道，"它们拥有某种魔力。但到底是一种什么魔力，我们也不清楚。"

多萝茜将鞋子拿进木板房，将它们摆放在桌子上，然后走出房子，对芒奇金人说道：

“我现在十分渴望回到我伯伯和婶婶的身边，因为他们肯定十分为我担心。你们能够帮我找到回家的路吗？”

芒奇金人和女巫先相互看了看，随后又一起盯住多萝茜，不约而同地摇了摇头。

“离这儿不远处的东方，”一个芒奇金人说道，“那里是一片大沙漠，没有一个人能够穿越它。”

另外一个芒奇金人补充道：“朝南走同样是大沙漠，我到那儿去过，是亲眼所见的。南方是奎德林人的国土。”

第三个芒奇金人说：“据我所知，西边同样也是大沙漠。那里是温基人住的地方，被西方恶女巫管制着。如果你路过那里，她就会把你抓去做奴隶。”

小老妇人接着说道：“北方是我的家乡，围绕着奥芝这块地方，四周全部都是沙漠。亲爱的，看来今后你将只能和我们生活在一起了。”

听到这些话，多萝茜不由得抽泣起来，因为她身处在这些奇怪的人们中间感到孤单无助。她的眼泪似乎使得这些好心肠的芒奇金人也忧愁悲伤起来，他们也马上掏出手帕陪她一同哭泣。这时那个小老妇人取下头上的帽子，将帽子的尖端顶在鼻尖上，同时用一种庄严的声调数数：“一、二、三。”只见那帽子立刻变成了一块石板，上面写着硕大的白粉字：

让多萝茜到翡翠城去

小老妇人从鼻尖上取下石板，读着上面的字，然后问道：“亲爱的，你的名字可是叫多萝西？”

“是的。”小女孩回答道，同时抬起头来用手揩干了眼泪。

“既然是这样，那么你必须到翡翠城去，说不定奥芝会帮助你的。”

“翡翠城在哪儿呢？”多萝西问道。

“在这个国家的中心，那儿是由奥芝管理着的。我刚才告诉过你，他是一个大巫师。”

小女孩焦急地问道：“他是一个好人吗？”

“他是一个好巫师。至于他是不是一个人，那我可吃不准，因为我从来就没有见过他。”

“我怎样才能到那儿去呢？”多萝西询问道。

“你必须走到那儿去。那将是一段漫长的路，必须穿越一个城邦。路途上的日子有时是光明快乐的，有时是黑暗可怕的。不管怎样，我将用我身上所有的魔法来帮助你，使你能够驱害避祸。”

“你不能和我一起去吗？”小女孩眼盯着小老妇人，恳求着她，因为她已认定她是唯一的朋友了。

她回答道：“不行，我不能这么做。但是我可以吻你一下，没有一个人敢伤害一个被北方女巫亲吻过的人。”

她走到多萝西身边，温柔地亲吻了她的前额。多萝西不久就发现，在北方女巫嘴唇接触过的地方留下了一个又圆又亮的印记。

“到翡翠城去的道路，全部都是用黄砖铺砌的，”北方女巫对多萝茜说道，“所以你不用担心会迷路。你见到奥芝后，不要怕他，把你的故事讲给他听，请求他的帮助。亲爱的，再见了。”

那三个芒奇金人一齐朝多萝茜深深地鞠躬，并祝福她旅途愉快，然后走进森林中消失了。女巫友善地朝多萝茜点点头，用左脚点地快速地在原地旋转了三圈，转瞬间就踪影全无了。这情景使托托大吃一惊，虽然女巫已不见了，仍然狂吠不止。先前女巫在场时，因为害怕她，它是连大气都不敢喘一口的。

但是，多萝茜知道她是一个女巫，应该用这种异乎寻常的方式离开，所以心里一点儿都没有感觉到奇怪。

3 多萝茜拯救了稻草人

多萝茜又只剩下独自一人了，这时她感到饥饿难耐，于是她走到橱柜旁，切下几片面包，抹上了一些黄油。她分了几片给托托吃，又从架子上取下一只木桶，到小溪旁汲满一桶清亮的溪水。托托跑进树林里，冲着树上的鸟儿吠叫着。多萝茜跑到那里去捉它，看见枝头挂满了鲜嫩多汁的果子，于是她采摘了一些作为备用的早餐。

多萝茜返回木板房，和托托一起喝了一些清凉甘甜的溪水，然后为踏上前往翡翠城的旅程做准备工作。

多萝茜只有一套换洗的衣服，恰巧已洗干净了，就挂在她床边墙上的木钉上。它是用方格花布缝制成的，是蓝白格相间的那一种。虽然它已洗过许多次，那蓝色已有几分褪了，但仍然是一件漂亮的罩衫。

小女孩仔细地洗了脸，然后穿上那件干净的格子布罩衫，戴上粉红色的遮阳帽。她又拿过一只小巧的篮子，将里面放满从橱柜里取出的面包，然后再在上面盖上一方白布。随后她低头瞧了一眼自己的双脚，发现自己穿着一双破旧的鞋子。

她对小狗说道："托托，穿这双旧鞋是不能走长路的。"托托仰起头，用它那双小黑眼睛瞧着小主人的脸，不停地晃动着尾巴，表示它完全明白她话中的意思。

就在这时，多萝茜转眼看见了放在桌上的那双银鞋，那是东方女巫留下的东西。

多萝茜对托托说道："不知道这双鞋是否合我的脚。如果合适的话，我正好穿上走长路，因为它们是穿不坏的。"

于是多萝茜脱下脚上的旧皮靴，穿上了那双银鞋。靴子的大小正合适，仿佛是专门为她订做的一样。

最后，多萝茜提起了篮子。

她对小狗说道："托托，上路吧。我们要赶到翡翠城去，去那里请求伟大的奥芝，让他将我们送回堪萨斯。"

多萝茜转身关上木板房的门，将它锁上，小心翼翼地将钥匙放进衣袋里。就这样，她动身上路了，托托迈着欢快的碎步一步不落地紧跟在她的身后。

在多萝茜身前有几条路，但她很快就找到了那条用黄砖铺砌的道路，她急速地沿着这条道路向翡翠城走去。多萝茜的银鞋踏在坚硬的黄色路面上，丁当作响。这时明媚的阳光普照着大地，各种鸟儿尽情地发出欢快的啼叫声。多萝茜毕竟只是一个小女孩，虽然不幸被一阵龙卷风从熟悉的故乡吹落到一个陌生的地方，但她此时的心情却并不像读者们所想象的那么沮丧。

当多萝茜沿着这条道路行进时，她惊奇地发现四周的景色十分美丽迷人。道路两旁是齐整的护栏，护栏上抹着淡雅的蓝色油漆，而护栏的另一边全都是一块块种着谷物或蔬菜的田地。显然，芒奇金人全都是种庄稼的行家里手，今年又是一个好收成。多萝茜不时地会经过一幢幢农舍，这时人们都跑出来欢迎她的到来。当她经过他们身边时，每一个人都会朝她深深地鞠躬致敬，因为大家都知道她就是那位杀死恶女巫的英雄，正是她将他们从恶女巫的奴役中解救了出来。不过，芒奇金人却把自己的房子盖得奇形怪状的，每一幢都是圆形的，外加还有一个大大的圆房顶。所有的房子都漆成了蓝色，因为在这个东方国度里，人们都偏爱蓝色。

此时天色已接近黄昏，多萝茜赶了一天的路，已经疲惫不堪了。正当她考虑在何处落脚过夜时，多萝茜走到了一幢房子前。这幢房子比她沿途所见的房子要大一些，在房前的绿草坪上有许多男人和女人正在跳舞。人群中有五个小提琴手，正在卖力地演奏着舞曲。大伙儿在一起欢笑着，歌唱着。他们身旁还有一张大桌子，上面摆放着许多鲜美的水果和坚果，各种馅饼和糕点，以及其他许多美味佳肴。

大伙儿十分热情地招待了多萝茜，请她共进晚餐，并请求她在那儿过夜。原来这幢房子是芒奇金最富有的人的住宅，他邀请了他的朋友们在这儿狂欢，庆祝他们从此摆脱了恶女巫的奴役。

于是，多萝茜尽情地享受了一顿丰富的晚餐。这个富有的芒奇金人名叫博克，他亲自出面招待了多萝茜。晚餐后多萝茜坐在一张有靠背的长椅子上看大家跳舞。

博克看见了多萝茜脚上穿的银鞋，便对她说道：“你一定是一位大巫师吧。”

小女孩问道：“你为什么这么说呢？”

“因为你穿着银鞋，而且杀死了恶女巫。另外，你还穿着白袍子，只有巫师和魔术家才穿白袍。”

“可我的衣裳上面还有蓝白相间的格子呀。”多萝茜一边说着，一边用手抚平着衣服上的皱褶。

博克说：“你穿这种颜色的衣服十分合我们的心意。蓝色是芒奇金人的颜色，白色是女巫的颜色，所以我们认为你是一个好女巫。”

多萝茜此时却不知道该说什么才好，因为所有的人都认定她是一个女巫，但她自己心里明白，她就是一个普普通通的小女孩，只不过碰巧遇上了龙卷风，才将她刮到了这个奇怪的地方。

当她欣赏跳舞看到疲倦了时，博克将她引进房中，给她安排好休息的房间。房间里摆放着一张漂亮的床，上面铺着蓝色的床单。多萝茜躺在上面，一觉睡到了天亮，而托托则一直就蜷伏在床边蓝色的地毯上。

第二天早晨，多萝茜一边吃着早餐，一边瞧着一个极小的芒奇金婴孩和托托一块儿玩耍。婴孩用手扯着托托的尾巴，又笑又叫的，多萝茜也忍不住笑了起来。托托在这儿所有人的眼中，是一个奇妙无比的宝贝，因为他们以前从来没见过狗这种动物。

小女孩向博克问道：“这儿离翡翠城还有多远？”

“这我可不知道，”博克一脸严肃地回答说，“因为我从来没去过那里。大家除非有什么非与奥芝打交道不可的事，一般都对他敬而远之。但总之到翡翠城还有一段遥远的路程，要走上许多日子。我们这个国度是富有的，生活也很快乐，但是在你到达旅程的目的地之前，你必得经过许多不平坦和危险的地方。”

这番话使得多萝茜有点犯愁，但是她心里明白，只有伟大的奥芝才能帮助她重返堪萨斯，因此她只能勇往直前，绝不能半途而废。

因此，她向朋友们道了再见，沿着那条黄砖铺砌的道路又动身前行了。她接连赶了好几英里路，想停下来休息一会儿，于是就攀到路旁护栏上面坐了下来。在她身边不远处，多萝茜看见了一个稻草人，被高高地挂在一根长竹竿上，威吓着鸦雀，不让它们偷食地里长熟的稻谷。

多萝茜用一只手支起下巴，若有所思地凝望着这个稻草人。他的头是用一只小布袋缝制而成的，里面塞满了稻草，上面画着眼睛、鼻子和嘴巴，凑成了一个脸蛋。一顶破旧不堪的尖顶蓝色帽子，也不知是哪一个芒奇金人丢弃不用了的，扣在了他的头上；身上被套了件破烂的蓝色大褂，已经褪了色，再里面就是一包稻草了；套在脚上的是一双蓝布面的旧鞋子。在这个国度里，男人们的装束通常也就是这样的。不知是谁用一根竹竿插入他的背部往地上一戳，这个可怜的伙计就被高高地吊起在稻田之上了。

正当多萝茜全神贯注地观察着稻草人画出的奇特脸蛋时，她忽然发现他的一只眼睛向她徐徐眨动着，这使她着实吃惊不小。起初，多萝茜怀疑是她看走了眼，因为在堪萨斯，没有一个稻草人是会眨眼睛的。但就在此时，这个伙计又朝她友好地点了一下头。于是，多萝茜从护栏上面跳了下来，来到稻草人身边。这时，托托已围着竹竿跑起了圈，还不停地吠叫着。

“你好哇！”稻草人朝多萝茜打着招呼，嗓音略带几分嘶哑。

小女孩十分惊奇地问道：“是你在说话吗？”

“当然，”稻草人答道，“你好吗？”

“谢谢你，我很好，”多萝茜颇有礼貌地回答道，“你好吗？”

“我感觉不太好，”稻草人脸上强挤出几分笑容，回答说，“我不分白天黑夜地被吊在这儿，就为了吓走那些贪嘴的乌鸦们，这是一件令人厌烦的工作。”

多萝茜问：“难道你不能自己下来吗？”

“不行，因为竹竿挺住了我的背。如果你能帮我抽掉它，我将万分感激你。”

多萝茜伸出两只手臂，向上托起稻草人，使他脱离了那根竹竿，因为他的身体里被塞满了稻草，原本就是十分轻的。

稻草人一屁股坐到了地上，十分轻松地对多萝茜说道：“多谢你，我有了一种脱胎换骨的感觉了。”

如果说一个稻草人能够对你说话、鞠躬，而且还能在你身边行走自如，这可真是件稀罕事儿。多萝茜不禁对眼前发生的这一切感到茫然不解了。

稻草人伸了几下懒腰，打了几个哈欠，然后问多萝茜：“你到底是谁？打算到哪儿去？”

“我叫多萝茜，”小女孩回答道，“我要去翡翠城，到那儿去请求伟大的奥芝，要他将我送回到堪萨斯的家中。”

“翡翠城在什么地方？”稻草人不解地继续问道，“奥芝又是什么人？”

“什么？难道你也不清楚吗？”多萝茜吃惊地反问他。

“不知道。真的，我什么事情都不知道。你瞧，我是用稻草填塞成的，所以，我根本就没有脑子。”

“唉，”多萝茜不由得叹了口气，“我很抱歉。”

稻草人进一步追问道：“如果我陪你一起到翡翠城去，你认为奥芝会给我一个脑子吗？”

“这我可答不上来，”多萝茜回答道，“但如果你愿意的话，还是可以和我一同去的。即使奥芝不给你脑子，你的处境也不会比现在更坏。”

稻草人赞同道：“这话倒是不错。”他继续与她交心：“你知道，我的双腿、双手，以及双臂和身子都是用稻草填塞而成的，这些我都不在乎，相反，我因此而不会受伤。如果有人踩了我的脚，或是用针戳我的身体，那也没有关系，因为我压根儿就感觉不到痛。但是我打心眼里不愿意别人叫我蠢货。如果我的脑袋里还是填着稻草，而不是像你的那样装着脑子，那我怎么能够像你一样明白事理呢？”

“我明白你心里的感受，”小女孩说，内心真的为他感到难过，“如果你愿意和我一块到翡翠城去，我将恳求奥芝尽力帮助你。”

“谢谢你！”稻草人感激地回答道。

他们返回到路上去，多萝茜帮助稻草人翻过了护栏，随后他们沿着那条黄砖铺就的道路向翡翠城走去。

起先，托托不太欢迎这个不速之客加入进来，它围着稻草人不停地嗅着，仿佛怀疑他身体的稻草中藏着一窝老鼠似的，而且经常不太客气地对着稻草人狺狺地吠叫着。

多萝茜对她的新朋友说道：“别太在意托托，它是不会咬人的。”

“哦，我不怕它，”稻草人回答道，“再说，它也伤害不着稻草人的。请让我替你拎着篮子吧，我不在乎替你做点事情，再说我也累不着。我告诉你一个小秘密，”他一边向前走，一边继续说道，“在这个世界上，只有一件事情会使我感到害怕。”

“那是什么东西呢？”多萝茜好奇地问道，“是那个将你制造出来的芒奇金农夫吗？”

“才不是呢，”稻草人回答说，“是一根燃烧着的火柴。”

4 穿过森林的路

几个小时过后，道路变得崎岖难行了。路面是如此的不平坦，稻草人经常跌倒在黄砖铺砌的路面上。路况真的糟透了，有的地方黄砖破碎了，或者不见了几块，留下了许多空洞，托托可以一跃而过，多萝茜可以绕行，而稻草人因为没有脑子，只会笔直地朝前冲，所以会经常踩到洞里，使身体重重地跌倒在坚硬的砖块上，但他却永远不会受伤。这时，多萝茜就会将他提起来，使他站直了，于是他就会赶上她的步子，同时对自己的不幸遭遇一笑了之。

这时展现在他们面前的田地，不像他们一路走来所看到的那些田地一样，是经过深耕细作的，也没有那么多的农舍和果林。他们再往前走，田野也愈见荒凉寂寞了。

中午时分，他们坐在靠近一条小河边的路旁休息。多萝茜打开篮子，拿出一些面包来。她给稻草人递去一片面包，但是被他谢绝了。

他解释道："我永远都不会感到饥饿，这对于我来讲是一件幸事，因为我的嘴巴是画上去的。如果我在那个地方割开一道口子，饭是可以吃了，但填塞在里面的稻草就会冒出来，那么我的头就会变形了。"

多萝茜立刻明白他讲的一切都是真的。她点了一下头，继续吃着面包。

当她吃完了午餐，稻草人恳求她道："给我讲讲你的事吧，你是从什么地方来到这儿的？"

于是，她就给他讲了堪萨斯的一些情况，在那儿四周的景色都是灰蒙蒙的，以及龙卷风是如何将她刮到奥芝这个奇异的地方来的。

稻草人全神贯注地听着，并疑惑地问道："我听不明白你为什么情愿离开这个美丽的地方，而要回到那个干燥又灰色的堪萨斯去。"

小女孩回答道："你提这个问题，证明你是真的没有脑子。家乡无论怎样的凄凉和景色单调，对我们这些有血有肉的人来说，我们都愿意在那里生活，而不愿意住在美丽如画的他乡。因为没有任何别的地方，比得上自己的家乡好。"

稻草人不由得叹了口气。

"我当然是无法理解，"他无可奈何地说道，"如果你们的脑袋里也填满了稻草，就像我的这样，你们可能都会争先恐后地搬到美丽的地方去住，那堪萨斯就会没有人烟了。你们都有脑子，这真是堪萨斯的福气。"

“既然我们在休息，你能给我讲讲你的故事吗?”小女孩问道。

稻草人责怪地看了她一眼，然后回答道：

“我的生命如此的短促，实在是没有什么故事好讲。我是前天才被别人做成的。在那个时刻以前，这个世界上发生了什么事情，我一点儿都不知道。幸运的是，那个农夫在做我的头时，先给我画上了两只耳朵，所以他以后做的事情都给我听见了。那时有另一个芒奇金人和他在一起，我最先听到的事情是那个农夫问道：

“‘你觉得这两只耳朵画得怎么样?’

“另外一个回答道：‘它们不应该是直线的。’

“‘不打紧，’农夫说，‘只不过是两只耳朵罢了。’这话可真是不错。

“‘现在我要开始画眼睛了。’农夫说道。于是，他开始画我的右眼，不一会工夫就画完了。我发觉我正瞪着眼瞧他，同时带着极大的好奇心打量着身边的一切事物，这可是我第一次睁眼看世界啊。

“‘这是一只很漂亮的眼睛，’那个芒奇金人评价道，双眼紧盯着农夫，‘蓝色正是眼睛的颜色。’

“‘我想将另一只眼睛画得稍微大一些。’农夫说道。当第二只眼睛画成时，我就看得更加清楚了。然后，他又给我画上了鼻子和嘴巴。但是那时我还不会说话，因为当时我还不知道嘴巴是用来干什么的。我饶有兴趣地看他做好我的身体，安好我的双臂和双腿，当他们最后给我装上头时，我觉得分外骄傲，因为这时我的外形几乎和真人没什么区别了。

"'这个家伙能够将乌鸦吓得远远的,'农夫说道,'他看上去就像一个人。'

"'哦,他就是一个人嘛。'另外一个人附和道。这话我十分爱听。

"农夫将我挟在腋下,来到稻田里,将我吊在一根竹竿上,就是你碰到我时的那副模样。后来,农夫和他的朋友离开了,将我一个人孤零零地撇在了那里。

"我不愿意一个人留在那儿,很想跟在他们后面走,但是我的双脚挨不着地面,只能被迫吊在竹竿上。这时我才刚刚被造出来,没有什么可值得回味的经历,真是寂寞难耐。这时许多乌鸦和其他我叫不上名的鸟儿飞到稻田里来,当它们看见我以后,又立刻飞走了,原来它们将我当成了芒奇金人。这倒使我有几分高兴,因为我觉得自己也是一个重要人物了。不久以后,一只老乌鸦飞近我的身旁,它仔细地观察了我一番之后,大模大样地飞上我的肩头,说道:

"'真想不到,那个农夫弄出你这么个笨拙的模样来愚弄我。每一只正常的乌鸦都能一眼瞧出来,你不过是用稻草填充成的。'于是它飞到我脚下的稻田里,随心所欲地吃着谷粒。其他的鸟儿见我伤害不了它,也飞下来啄食谷粒。不一会儿,我的身旁竟落满了黑压压的一大片乌鸦。

"这时我感到十分伤心,这件事情证明我不是一个表现良好的稻草人。但是那只老乌鸦安慰我说:'如果你脑袋里有脑子,你就会像那些农夫一样有用,甚至比他们更有用。在这个世界

上，无论是一只乌鸦还是一个人，对他们而言脑子是唯一有价值的东西。'

“乌鸦们飞走后，我考虑了这件事情，决定无论如何也要取得一个脑子。我的运气不错，碰上你将我从竹竿上放了下来。从你的话中我确信，只要我们能够到达翡翠城，那位伟大的奥芝一定会送给我一个脑子。”

“我希望能够这样，”多萝茜急切地说道，“既然你这么热切地渴望得到它。”

“啊，是的，我都有点迫不及待了，”稻草人回答道，“知道自己是个蠢货，那心里会多不快活呀！”

“好了，”小女孩说道，“我们上路吧。”她把手中的篮子递给了稻草人。

这时道路两旁已没有护栏了，地面高低不平的，也没有耕种过的痕迹。将近黄昏时，他们走进了一座大森林。森林里的树木长得异常高大，树干紧挨着，枝叶交错着，掩盖在黄砖铺砌的道路上空。在树林下面，因为枝叶隔绝了阳光，几乎见不到任何亮光了。但这两个赶路人并没有停下前进的脚步，而是一直走进林子深处去。

“如果沿着这条路能走进树林，那么沿着这条道路就一定能够走出树林。”稻草人说道，“如果翡翠城在路的那一端，那我们就一定要沿着这条路走下去。”

“那是谁都知道的。”多萝茜回应道。

“当然，这就是我知道的原因。”稻草人回答道，“如果要用脑子去想，我就说不出来了。”

一小时以后，阳光完全消失了，他们在黑暗中跌跌撞撞地摸行着。多萝茜看不见任何东西，托托却看得见，有些狗在黑暗中是看得见东西的。稻草人宣称他此时也看得见东西，就像在大白天一样，于是多萝茜就拉住他的手臂，还能够勉强前行。

她嘱咐稻草人道："如果你看见了一幢房子，或者无论什么能让我们过夜的地方，你一定要告诉我，因为在黑暗中走路，是非常不舒服的。"

不一会儿，稻草人停下了脚步。

他告诉小女孩："在我们的右手边，我看见了一幢用木头和树枝盖的小茅舍，我们要到那里去吗？"

小女孩回答："好的，我都要累死了。"

于是稻草人带领她穿过树林，一直来到那座小茅舍旁。多萝茜走了进去，在角落里找到了一张铺着干树叶的床，她立刻躺下去睡着了。托托也躺在了她的身边，而稻草人是永远不会疲倦的，他默然无语地站立在另外一个角落里，耐心地等待着天亮时分。

5 救出铁皮人

当多萝茜一觉醒来时，明媚的阳光已穿过树林照耀着地面，托托早已跑出了户外，正扑着四周的鸟儿。多萝茜坐起身来朝四处瞧了瞧，发现稻草人仍然耐心地站在角落里，等候着她。

她对他说道："我们得出去找水。"

稻草人不解地问："你要水干吗?"

"这一路走来，身上沾满了灰尘，我得用水洗洗脸；再说，我也要喝水呀，那样，就不会被干面包噎住喉咙了。"

"这么说来，有一个肉身还真是麻烦，"稻草人若有所思地说道，"因为你必须睡觉、吃食物和喝水。但是无论如何，你有脑子，能够思考，有这么一点麻烦还是值得的。"

他们离开茅舍，穿过林子，最终寻找到了一小股清澈的泉水。多萝茜在泉水边喝着，洗着，吃着早餐。多萝茜发现篮子里只剩下不多的面包了，可能仅够她和托托吃一天。小女孩不由得十分感激稻草人，因为他不需要吃东西。

当她吃完早餐，正要返回那条用黄砖铺砌的道路上去时，突然听到身旁传来一声深长的呻吟声，她给吓得跳起身来。

她怯怯地问稻草人："是什么声音？"

稻草人回答道："我也不知道，但我们可以过去看看。"

正在这时，他们又听到了一声呻吟，而且这声音似乎是从他们的身后传过来的。他们转过身子，在林子中没走上几步，多萝茜瞧见树林中有什么东西被穿过的太阳光照射得闪闪发亮。她朝那个地方奔去，却又忽然收住了脚步，吃惊地叫出声来。

那个地方长着一些粗大的树木，其中一株大树的一部分已被砍去了。在这株大树旁站立着一个完全用铁皮制作的人，双手高举着一把斧头。他的四肢与身体连接在一处，但他却呆呆地站立在那儿，仿佛不会动弹的样子。

多萝茜惊奇地注视着铁皮人，稻草人也用同样的表情瞧着他，只有托托狂吠着扑上去咬铁皮人的双腿，却伤着了自己的牙齿。

多萝茜问："刚才是你在呻吟吗？"

"是呀，是我，"铁皮人回答道，"我已经呻吟了一年多了，但没有人能够听见，更没有人来帮我一把。"

多萝茜被铁皮人忧郁的声音给打动了，她柔声地问道："我能帮你做些什么呢？"

铁皮人回答说："你去找一只油壶来，在我的关节上浇一点油。它们都锈死了，使我完全无法动弹。如果能够浇上些油，我就能活动自如了。在我茅舍的一个搁架上，你能够找到那只油壶。”

多萝茜立刻跑回茅舍，找到了那只油壶。她拿上它跑回铁皮人身边，焦急地问道：“哪些地方是你的关节？”

“首先，在我的颈子上浇一点油。”铁皮人回答说。

于是，多萝茜在铁皮人的颈子上浇了一点油，因为那个部位实在是锈得太厉害，稻草人捧着铁皮人的头，左右不停地轻缓摇动着，直到摇动了好多次之后，铁皮人才能够自如地转动脖子了。

“现在，把油浇在我手臂的关节上。”他又吩咐道。

多萝茜浇了些油在上面，稻草人小心地将它们弯曲着，直等到那些锈住的地方都活动开来，犹如新安上去的一般才住手。

铁皮人口中发出一声满意的叹息，放下手中高举的斧子，将它靠在一棵大树上。

“这是一种极大的舒服啊，”他感叹道，“自从我被锈住以后，我就一直高举着这把斧子，现在终于能够将它放下来了，我心里可真是高兴啊。现在，如果你们将油浇在我腿上的关节上，我就会完全自由了。”

于是，他们又将油浇在他腿部的关节上，直到他能自由走动为止。他因为重新获得了行动的自由，向他们称谢不已。看来，他似乎是一个十分懂得礼貌并且十分知道感激之情的家伙。

他对他们说道：“如果不是你们赶到这儿来，也许我会永远地傻站在这儿，所以，确实是你们救了我一命。你们怎么会到这里来的呢？”

她回答说：“我们路过这里，是要赶到翡翠城去拜访伟大的奥芝。而且，我们还在你的茅舍里过了一夜。”

他又问道：“你们干吗要去拜访奥芝？”

她回答说：“我要请求他将我送回堪萨斯去；稻草人要请求他在他的脑袋里放些脑子。”

铁皮人似乎思考了好一会儿，然后说道：“你猜奥芝能给我一颗心吗？”

多萝茜回答道：“这个，我猜他是能够的，就像他把脑子给稻草人一样的容易。”

“这倒是真话，”铁皮人回答道，“这样吧，如果你们愿意我和你们搭伴儿，我也想到翡翠城去，并且请求奥芝帮助我。”

稻草人热心地赞同道：“那就一起走吧。”多萝茜也欢迎他同他们结伴而行。

于是，铁皮人扛起斧头，他们一起穿过树林，再次走上了那条黄砖铺砌的道路。

铁皮人请求多萝茜将油壶放进她的篮子里，他解释道：“如果我在路上淋着了雨，身体又会被锈住，因此，我是一刻也离不了油的。”

他们吸收这个新伙伴加入这个团体，确实带有一点好运气的成分，因为在他们再次踏上旅途后不久，就来到了一处地方，这里树木和枝叶长得分外茂密，挡住了前行的道路。这时，铁皮人用手中的斧子砍伐树枝，不一会儿就为他们清除了障碍。

这一队人继续前行着，多萝茜默默地想着心思，没注意到稻草人被一个洞口绊了一下，跌倒在路边。他不得不向多萝茜呼救，请求她帮助他重新站立起来。

“你为什么不绕过洞口呢?”铁皮人责怪他道。

“我对这种事情一无所知呀,”稻草人兴致不减地回答道,“你知道吗,我脑袋里塞的都是一些稻草。我这次到翡翠城去,就是为了请求奥芝送给我一些脑子。”

“哦,我明白了,”铁皮人说,“但是,无论如何,在这个世界上,脑子并不是最好的东西。”

“你有脑子吗?”稻草人问道。

“没有,我的脑袋里面也是空空的,”铁皮人回答道,“但我从前也是有脑子的,而且还有一颗心。但在用过它们后,我宁愿拥有一颗心。”

稻草人不解地问道:“那是为什么呢?”

铁皮人回答说:“我把我的故事讲给你听,你就明白了。”

于是,当他们穿越这片树林时,铁皮人给他们讲了下面这个故事:

“我是一个樵夫的儿子。父亲在森林里砍伐树木,靠出卖碎柴来维持生活。我长大后,也做了一个樵夫。我父亲死后,我一直奉养着我的老母亲,直到她也死去。然后,我就有了一个想法,那就是用婚姻来结束我孤独的生活,一个人过日子真是太寂寞了。

“这时,有一个芒奇金姑娘长得十分漂亮,我一下子就深深地爱上了她。而她呢,也对我做出了承诺,只要我赚到足够的钱为她建造一所漂亮一些的房子,她就嫁给我。于是,我就比以前更加辛苦地工作了。但是这个姑娘和一个老妇人住在一起,而这个老妇人不愿意姑娘嫁给任何人,因为她十分懒惰,希望姑娘永远不离开她，她给她烧火煮饭和干其他一些家务活儿。于是这个老妇人就赶到东方恶女巫那儿寻求帮助，她允诺东方恶女巫，如果她能够帮忙阻止这桩婚姻，她就奉献上两只羊和一头牛。于是，恶女巫就在我的斧子上施展了妖术。因为我想尽快修好新房娶妻的心情十分迫切，有一天，当我用尽全力砍伐树木时，手中的斧子忽然滑出，砍断了我的左腿。

“起初，这次事故看上去十分不幸，因为我心里十分明白，一条腿的人是做不成好樵夫的。于是，我赶到一个铁皮匠那里去，请他给我装上一条外面包着铁皮的新腿。当我习惯了以后，那条新腿也就活动自如了。不想我的这个举动更加激怒了东方恶女巫，因为她已答应过那个老妇人，要使我娶不上那位美丽的芒奇金姑娘。因此，当我又一次去砍伐树木时，斧子又一次滑脱出手，这一回砍断了我的右腿。我再次回到铁皮匠那儿，他再给我装上一条外面包着铁皮的腿。从那以后，这把被施展了妖术的斧子又接连砍掉了我的两只手臂，但是我毫不气馁，接连装上了两只包着铁皮的手臂。于是恶女巫再一次使斧子脱手，这一次砍掉了我的头。我想这一下我可完蛋了，但碰巧的是铁皮匠路过时看见了，他马上替我装上了一个外面包着铁皮的崭新的头。

“我想这一次总算把恶女巫给打败了，于是我比以前更加辛苦地工作，我没想到的是我的仇敌会用更加残酷的手段来对付我。她想出了一个新的法子，来扼杀我和美丽的芒奇金姑娘的爱情。她使我的斧子再度滑出手，这次恰好划过我的身体，将我活生生劈成了两半。铁皮匠再次来帮我的忙，替我装了一个铁皮的身子，靠着这些能活动的关节，将铁皮制成的手臂和双腿，还有头，和铁皮的身子连在一起，使我还能像以前那样行走自如。但是，唉！我现在已经是无心之人了，因而也就失去了对芒奇金姑娘的爱情，娶不娶得到她对我而言已经无所谓了。我猜想她现在仍旧和那个老妇人住在一起，正等着我去娶她呢。

“我的身体只要被太阳一照，就会闪闪发亮，这一点，我心中感到十分骄傲。现在，如果斧子再脱手而出，它也伤害不着我了。只有一件事情对我来说十分危险，那就是有时我身上的关节会锈死，因此我在茅舍里藏了一只油壶，无论什么时候，只要有需要，我就会给我的关节处浇上点油。然而，有一天，我忘了做这件事，不幸碰上了一场暴风雨，在我想到这个危险之前，身上的关节就给锈住了。我只有呆呆地站在林子里，一直等到你们来帮助我。

“在林子里呆站上一年真是一件极其可怕的事情，但这给了我充裕的时间去思考，我知道自己最大的损失，是失去了我的心。当我处在恋爱中时，我是这个世界上最快乐的人。但是，没有一个人会爱上一个没有心的人，所以我拿定了主意，去请求奥芝给我一颗心，如果他答应了我的请求，我将回到芒奇金姑娘身边，并且娶她做我的妻子。”

多萝茜和稻草人对铁皮人所讲的故事表示出了极大的兴趣，并且终于弄明白了他为什么这么迫切地希望得到一颗新的心。

“尽管如此，”稻草人说道，“我更愿意得到一些脑子，而不是一颗心，因为一个蠢货即使有心，也不知道怎样去做事情。”

“我还是要一颗心，”铁皮人反驳道，“因为脑子并不能使人快乐，而快乐是世界上最美好的事情。”

对这种争论，多萝茜插不上嘴，因为她自己也无法断定这两个朋友中谁的话对。她认定只要她能够回到堪萨斯，回到埃姆婶婶身边，她才不会去关心铁皮人有没有脑子，稻草人有没有心，或者每个人能否得到他们所希望得到的东西呢。她现在最关心的事情是面包几乎快吃完了，她和托托再吃一餐，篮子就会见底了。当然，铁皮人和稻草人他们两个是可以不吃不喝的，但是她既不是用铁皮做成的，也不是用稻草填塞成的，不吃东西，她就没法子活下去。

6　遇上胆小狮

就这样，多萝茜和她的同伴一边交谈，一边穿越这片茂密的森林。虽然这条道路仍旧是用黄砖铺就的，但是从树上落下来的残枝败叶铺满了路面，行走起来并不容易。

在这一带林子中，很少见到鸟儿的身影，因为鸟儿们都喜欢空旷和阳光充足的田野；但是这一带却有野兽躲藏着，不时可以听到它们低沉的吼叫声。这些吼叫声令小女孩的心一阵阵发紧，因为她并不清楚是哪些野兽在吼叫。但托托对此是心知肚明的，它紧挨着多萝茜的身旁走着，甚至不敢用吠声去回应。

小女孩问铁皮人：“我们还要用多长时间才能走出这片森林？”

铁皮人回答道：“这我可说不上来，因为我从前一直没有去过翡翠城。但是，当我还是一个小孩子时，我父亲曾经去过一次。他说那是一条漫长的路程，要穿过一个危险的城邦，不过在邻近奥芝居住的城旁，景色却是十分秀丽动人的。不管怎么说，我只要有油壶在身旁，就不怕任何危险；这世上也没有什么东西能够伤害到稻草人；你的额头上留有好女巫吻过的印记，它也会保佑你避开灾祸的。”

小女孩急切地追问道：“那么托托呢！用什么来保护它？”

铁皮人回答道：“如果它遇到危险，我们自会尽全力去保护它。”

他的话音刚落，这时从森林深处传来一声可怕的吼声，紧接着，只见一只大狮子纵身一跃挡在了道路当中。它挥爪一击，将稻草人打得在原地转了好几圈，滚倒在道路旁；随后它又用尖锐的爪子去搔抓铁皮人。铁皮人虽然被狮子扑倒在了道路中间，身上却见不到一丝抓痕，这倒使狮子感到十分奇怪。

现在轮到托托面对来犯之敌了，它奋勇上前朝着狮子狂吠，这只大家伙张开血盆大口去咬这只小狗。在这千钧一发的危险时刻，多萝茜害怕托托会被一口吞掉，不顾危险地冲上前去，一边用拳头尽力捶打着狮子的鼻子，一边高声喊叫道：

“你竟然敢咬托托！你这么大的个子，还要去咬一只可怜的小狗，你真应该感到羞愧！”

“我并没有咬到它呀。”狮子说话时，用爪子揉着自己的鼻子，那里正是被多萝茜击中的地方。

“是没咬到，但你是想咬它的，”多萝茜反驳道，“你身体虽大，但只不过是一个胆小鬼罢了。”

“我知道自己有这个缺点，”胆小狮承认道，羞愧地垂下了头，“我从小就知道这一点。但是我怎样才能改正这个缺点呢？”

“这我当然是不知道的。不过想一下罢，你竟然去攻击一个填充的人，就像这个可怜的稻草人！”

“他是用稻草填充成的吗？”胆小狮吃惊地问道。这时，多萝茜走过去将稻草人搀扶起来，并在他身上拍打着，使他恢复到原来的模样。胆小狮目瞪口呆地望着眼前发生的一切。

“当然，他是用稻草填充的。”多萝茜余怒难消地回答道。

“这就是他为什么那么容易被摔出去的原因了，”胆小狮评论道，“看到他怪模怪样地打着圈，倒让我吃惊不小。另外一位也是用稻草填充的吗？”

“那倒不是，”多萝茜回答道，“他是用铁皮制成的。”说着话，她又走过去帮助铁皮人站立了起来。

“难怪它几乎将我的爪子给弄钝了，”胆小狮说，“当我的脚爪抓住那铁皮时，我的背上感到一阵凉意。唔，这是一只什么小怪兽，值得你这么用心去照顾？”

多萝茜回答说：“它是我养的小狗，名叫托托。”

胆小狮问：“它是不是用铁皮做的，或者是用稻草填充的？”

“才都不是呢。它是一只……一只有血有肉的狗。”小女孩回答道。

“啊！它真是一只奇妙的动物，它看上去真是小得可怜。除了像我这样的胆小鬼，没有谁想去咬这样的一只小动物。”胆小狮悲哀地继续说。

“是什么原因使你变成一个胆小鬼的呢？”多萝茜好奇地问道，同时用眼睛打量着这只大野兽，它身躯庞大得像一匹小马。

“这可是一个难解的谜，”胆小狮回答说，“我想我天生就是

他的话音刚落，这时从森林深处传来一声可怕的吼声，紧接着，只见一只大狮子纵身一跃挡在了道路当中。

一个胆小鬼。树林中的其他野兽，都自然而然地认为我是勇猛无比的，因为不论在什么地方，狮子都被称为百兽之王。我知道如果我把嗓门吼得足够大，其他的动物就会害怕，它们会纷纷逃离，不敢挡我的道儿。无论何时何地，只要碰上一个人，我心里就会非常紧张害怕，但我只要壮起胆子吼叫一声，那人就会飞快地逃掉了。如果大象、老虎和狗熊来和我挑战，我心虚地想拔腿便逃——我就是这样一个胆小鬼，但奇怪的是只要我吼上一声，它们自己倒落荒而逃了。当然，在一般的情况下，我也不会去追它们。"

"不过你这种想法是不对的，百兽之王不应当是一个胆小鬼。"稻草人插嘴道。

"我心里清楚这一点，"胆小狮一边回答，一边用它尾巴的末稍揩去眼前的一滴眼泪，"这是我心中的最大悲哀，而且使我的生活中充满了不幸，因为只要碰到危险，我的心就会跳得很快。"

铁皮人说："你恐怕有心脏病吧。"

"可能有。"胆小狮回答。

"如果你有心脏病，"铁皮人接着往下说，"你应该感到高兴才对，因为这证明了你有一颗心。你看我，因为没有心，所以才没有心脏病。"

"这很可能呀，"胆小狮想了想说，"假如我没有心，就不会是一个胆小鬼了。"

"你有脑子吗？"稻草人在一旁问道。

"我想有吧，虽然我没有亲眼见过它。"胆小狮回答说。

“我正要到伟大的奥芝那里去，请求他给我一些脑子，”稻草人解释说，“因为我的脑袋是用稻草填起来的。”

“我去请求他给我一颗心。”铁皮人接着说。

“我去请求他将我和托托送回到堪萨斯。”多萝茜附和道。

胆小狮问：“你们想奥芝能够给我一些胆量吗？”

“正像他能给我脑子一样容易。”稻草人说。

“或者像给我一颗心一样容易。”铁皮人接着说。

“或者像送我回堪萨斯一样容易。”多萝茜接下去说。

“如果是这样的话，假如你们不嫌弃我，我就和你们一块儿去，”胆小狮说，“因为没有一丁点儿胆量，这种生活令我难以忍受。”

“我们十分欢迎你，”多萝茜回答道，“因为你可以帮我们吓走其他的野兽。不过，在我看来，如果你能如此轻易地将它们吓跑，它们必定是比你更加胆小。”

“它们的胆子真的是很小，”胆小狮赞同道，“但是这一点都不能使我更加勇敢一些。只要我自已知道我是一个胆小鬼，我的生活就不会快活起来。”

于是，这个小团体又踏上旅程了，胆小狮威风八面地走在多萝茜的身边。起初，托托还对这个新同伴心怀不满，因为它忘不了它几乎被胆小狮的大牙床咬得粉碎。但是不一会儿，托托就变得心平气和了，并逐渐和这只胆小狮变成了亲密无间的朋友。

在这一天的剩余时间里，他们安静地赶着路，没有发生什么十分危险的情况。但有一次铁皮人未曾留意，一脚踏上了一只正沿着道路爬行的甲虫，将这个可怜的小东西踩死了。这个小事故使铁皮人变得非常不开心，因为他平常总是十分的小心，不去伤害任何微小的生命。因此他继续往前走着，悔恨交加地流了几滴眼泪。这些眼泪缓慢地从他的脸上流下来，经过连接下巴的关节，使它们一下子锈死了。这时多萝茜正问他一个问题，铁皮人却张不开他的嘴，因为他的上下牙床被紧紧地锈牢在一起了。铁皮人被吓得半死，向多萝茜不停地做着各种手势，希望她能救他，但多萝茜却不明白到底发生了什么事情。对此，胆小狮也感到迷惑不解，幸亏稻草人从多萝茜的篮子里取出那只油壶，在铁皮人的牙床上滴了一些油。不一会儿，铁皮人又能够像以前那样开口说话了。

“这件事给了我一个教训，”铁皮人说，“以后我每迈一步都要分外小心。如果我再踩死了甲虫或是其他什么小虫子，我一定又会哭出来，而这又会让我的下巴锈住，使我说不出话来。”

于是他双眼紧盯住路面，小心翼翼地走着，他看见一只小蚂蚁正艰难地在路上爬行着，他便抬腿迈过去，这样就不至于伤害到它。铁皮人十分明白，正因为他没有心，他处事才应该处处谨慎，永远不要残忍或是不仁慈地对待任何事物。

“你们都有一颗心，”他对大家说道，“它会引导你们，使你们永远不会做错事。我是没有心的，所以行动必须十分谨慎。等到奥芝给了我一颗心后，那当然我也就能随心所欲了。”

7　一路惊险的旅程

那天夜里，因为在附近没有找到一幢房子，他们不得不在森林中的一棵大树下露营。那棵大树长得树干高大，枝叶茂盛，使他们免遭露水的侵害。铁皮人挥动斧子，砍下一大堆木柴，多萝茜用它燃起一堆美丽的篝火，暖着自己的身子，也使自己减少了几分寂寞。她和托托分享了仅存的几片面包，可明天拿什么做早餐，她心里一点儿底都没有。

胆小狮对她说："如果你乐意，我可以到森林中去给你猎杀一只鹿来，你可以用火烧烤它。我知道你们的口味是非常特别的，喜欢吃熟的食物。这样，你们就会有一顿丰盛的早餐了。"

"不行！请不要这样做！"铁皮人恳求道，"如果你杀死一只可怜的鹿，那我一定是会哭出来的，那么我的下巴又会被锈住了。"

于是，胆小狮独自跑进森林去找寻自己的晚餐，它自己不说，因此谁也不知道它到底吃了些什么食物。

稻草人在森林中找到了一棵结满了坚果的树，他于是为多萝茜摘了满满一篮子坚果，这样，在一个相当长的时间里，多萝茜都不会受到饥饿的威胁了。多萝茜不禁想到，这个稻草人倒是十分善良和善解人意的，但当她看到这个可怜的家伙采摘坚果的笨拙模样，又不由得开怀大笑起来。原来，他那双塞满稻草的双手十分的不灵活，坚果又是那么的小，结果，被他碰到地上的坚果数量几乎和他放进篮子里的差不多是一样多。但是，稻草人倒不在乎采摘这满篮子坚果花费了他太多的时间，因为这可以使他尽可能长时间地躲开那一堆火，他害怕那些四处飞溅的火星点燃他体内的稻草，将他烧成一堆灰。所以，他一直注意着与火堆保持着相当远的一段距离，只是当多萝茜躺下睡觉时，他才匆匆地跑过去在她身上盖上一层干树叶。这些干树叶使多萝茜感到十分温暖和舒适，她一觉睡到了大天亮。

天亮后，多萝茜在一条流水潺潺的小溪里洗了把脸，然后立刻和大家一同出发，向翡翠城走去。

对这些旅行者来说，这一天是个多事的日子。他们上路后不到一个小时，就被一条大壕沟截断了去路。他们朝两边望去，这条壕沟将树林隔成两半，没有尽头。这可真是一条十分宽阔的大沟，他们爬到沟边朝下张望，见到沟底极深，并且布满了许多巨大的锯齿形石块，沟壁十分陡峭，没有人能够爬得下去。看来，他们不得不取消此次旅行了。

多萝茜绝望地问道：“这下我们该怎么办呢？”

“我可一点办法也没有。”铁皮人回答道。

胆小狮摇晃着一身蓬松的鬣毛，露出一副若有所思的表情。

这时稻草人开口说道："我们没有翅膀，所以飞不过去，这一点是确定无疑的；而且我们也无法爬下沟底去，所以我们如果跳不过去，就只能站在这边干着急了。"

胆小狮站在一旁仔细地估量了壕沟的宽度，这时它突然说道："我想我能够跳过去。"

"那就好办了，"稻草人回应道，"你可以将我们全部都背过去，一次一个就行。"

"好吧，我来试试看，"胆小狮说，"谁愿意第一个过去？"

"我愿意，"稻草人自告奋勇地说，"因为，如果你跳不过这条深沟而掉下去，多萝茜会被摔死的；就是铁皮人，如果跌在下面的石头上，也会被撞瘪的。如果是我骑在你的背上，后果就不会那么严重，因为即使我摔下去也不会受伤。"

"我自己也非常害怕会摔下去。"胆小狮承认道，"但是，我想除了试一下外，没有其他的办法了。你快爬到我的背上，我们一起来试一下。"

稻草人跨在了胆小狮背上，这只大兽走到壕沟的边沿，将身子伏了下来。

"你为什么不助跑跳过去呢？"稻草人不解地问道。

"那不是我们狮子跳跃的方式。"它回答道。说着话，胆小狮早已腾空而起，迅疾地跃过空中，平安地落到了壕沟的另一边。他们看到胆小狮如此轻易就跳了过去，都欣喜不已。待稻草人从它背上下来后，胆小狮又跳回到沟这边来。

多萝茜认为她应该第二个过去，于是她将托托搂在怀中，爬上胆小狮的背，一只手紧紧地揪住它的鬣毛。一会儿，她似乎觉得自己的身体飞在了空中，不容她再想，她已经安全地落在了壕沟的另一边了。

胆小狮重返回去，第三次将铁皮人背了过来。然后，他们一起坐在地上歇了一会儿，为的是让胆小狮有一个喘息的机会。来回跳了几趟，胆小狮早已累得气喘吁吁的，活像一条跑了太长一段路的大狗。

他们发现壕沟这面的森林更加茂密，景色显得愈加阴暗模糊。待胆小狮缓过劲来后，他们沿着那条黄砖铺砌的道路前行。有一阵儿大家都没有出声，都在思考着同一个问题：何时才能够走出这片森林，能否再次见到明媚的阳光？

更使他们感到不安的是，不久，他们听到从森林深处传来一阵奇异的声响。这时，胆小狮压低嗓音告诉他们：他们路过的这个地方，正是卡力大的国土。

“卡力大是什么东西？”小女孩不解地问道。

胆小狮回答道：“它们是一群模样怪异的野兽：身体像熊，头像老虎，有着长而尖的脚爪，能够轻易地将我撕成两半，就像要我杀死托托那般容易。我非常害怕卡力大。”

“你害怕它们我一点都不感到奇怪，”多萝茜回答说，“它们一定是一种非常可怕的猛兽。”

胆小狮正要回答她，突然发现在他们面前又出现了一条壕沟。这是一条又宽又深的鸿沟，胆小狮只瞧了一眼，就立刻知道它无论如何是跳不过去的。

于是，他们坐下来商量解决问题的办法。在经过慎重的考虑后，稻草人提议道：

“瞧，壕沟旁有一棵大树。如果铁皮人能够砍倒它，使它倒向壕沟的另一边，我们就能够轻易地走过去了。”

“这是一个绝好的主意，”胆小狮赞叹道，“我甚至都要怀疑你的脑袋里装的不是什么稻草，而是脑子了。”

铁皮人二话不说，动手伐树。他的斧子异常锋利，三下两下，那棵树眼看就要倒下了。这时，胆小狮用它两只有力的前腿抵住树干，用力推动它。这棵大树逐渐倾斜着，最后“砰”的一声横卧在了壕沟之上，那有枝叶的树冠，落在了壕沟的另一端。

他们正准备跨越这座奇特的桥时，突然传来一声尖锐的咆哮声。他们抬头观望，只见两只身体庞大的野兽朝他们扑来，头长得像老虎，身子却像熊。

“它们就是卡力大！”胆小狮惊呼着，浑身不禁哆嗦起来。

“快呀！”稻草人高声叫喊，“让我们跨过桥去。”

多萝茜弯腰一把抱起托托，第一个跨上了桥；铁皮人紧跟在她的身后，再接下来是稻草人。胆小狮虽然心中也感到害怕，也只能转过身去面对着卡力大。这时，胆小狮昂头发出了洪亮而可怕的怒吼，只吓得多萝茜大声尖叫，稻草人不由得后退了一步，那两只猛兽也吓得停住了脚步，望着胆小狮发怔。

这时，卡力大突然发现自己的身体比胆小狮大，而且它们是两个，胆小狮只孤身一个，于是又扑了上来。这时，胆小狮已跨过了树，正调转身来瞧它们下一步如何行动，却发现那两只猛兽一步不停地跨上了树。

胆小狮惊恐地对多萝茜说："这一下我们全都要没命了，它们必定会用尖利的爪子，将我们全都撕成碎片。但是请你站在我的身后，只要我还有一口气，我就将和它们拼到底。"

"不要着急！"稻草人在一旁喊道，因为他已想出了一个绝妙的主意。他请求铁皮人砍断搁在壕沟这边的树冠，铁皮人立刻遵命而行，正当两只卡力大几乎要冲过来时，这树发出"喀嚓"一声响，连带那两只丑陋而凶暴地咆哮着的野兽，一起坠入壕沟底部。它们都跌在沟底尖硬的石块上，被撞得粉身碎骨。

"这下可好了，"胆小狮说道，快慰地长叹了一口气，"看来我们都得救了。我真感到高兴，因为死去必定是一件十分不愉快的事情。这些猛兽可真是把我给吓坏了，我现在心还在怦怦直跳呢。"

铁皮人却愁眉苦脸地说："唉，我可真是情愿有一颗被吓得怦怦直跳的心。"

这一次的遇险经历，使得这些旅行者比以前更加迫切地急于走出这片森林。他们走得如此之快，使得多萝茜感到十分疲倦，不得不骑到胆小狮的背上。他们再往前走时，林木变得逐渐稀疏，这使他们大大高兴起来。到下午时分，他们突然遇到了一条大河，河水急速地流淌着。他们望见河的那一边，那条黄砖铺砌的道路向前延伸着，穿过一片美丽的田野。在那片碧绿的草场上，点缀着各色鲜艳的花朵；而道路的两旁，种植着挂满鲜果的果树。他们看到前方的景色是如此的美丽，都感到心情是异常的快活。

多萝茜问道："我们怎么过河呢？"

稻草人回答道："这事不难，只要铁皮人能给我们造一个木筏子，我们就能够漂过去。"

于是，铁皮人挥动他的斧子，砍倒了一些小树，要将它们扎成一只木筏子。正当铁皮人在一旁忙活时，稻草人发现河边有一株树，上面结满了鲜嫩的水果。这使多萝茜感到十分高兴，因为她一整天都在啃那些硬壳的坚果，于是她便把那成熟的水果做了一餐鲜美的食物。

但是，做成一只木筏子却是一件费时费工的活儿，即使像铁皮人那样辛劳，不知疲倦地干活，当黑夜来临的时候，木筏子还是没有扎成。于是，他们只有在树林里寻找到一个安适的地方，在那里一觉睡到第二天早晨。多萝茜在沉睡中梦见了翡翠城，还有好巫师奥芝，他答应不久就会将她送回她的家中。

8　催命的罂粟花田

第二天清晨，这一小队旅行者醒来，重新打起精神，心中满怀着希望。多萝茜早餐的食物，是从河边树上采摘下来的桃子和梅子，就是公主吃早餐也不过如此了。在他们身后是那片阴暗的森林，虽然他们在那里面历经艰难险阻，但总算是安全地通过了。而展现在他们面前的，是一片阳光灿烂的美丽原野，它似乎在向他们招手，邀请他们踏上去翡翠城的大道。

当然，眼前这条宽阔的大河，现在暂时还将他们和那美丽的景色隔离着。但是，木筏子将要完工了。铁皮人已经砍断了几根原木，用木钉将它们钉牢，此时他们已经可以下水了。多萝茜将托托抱在怀里，坐在了木筏子的中间。当胆小狮一步跨上木筏子时，因为它的体重太大，木筏子朝一边严重倾斜，幸亏稻草人和铁皮人赶紧站在了另一边，才使它平稳了下来。他们双手都握有一根长木杆，撑着木筏子离开了岸边。

刚开始时，木筏子前行得很顺利，但当他们到达河中心时，急流却将木筏子向下游冲去，使他们离那条黄砖铺就的道路越来越远；而且河水也愈来愈深，长木杆都触不到河底了。

“糟了，”铁皮人惊呼道，“如果我们不能够上岸，河水将把我们带到西方恶女巫的国土上去，她将向我们施展妖术，将我们都变成她的奴隶。”

“这样我就得不到脑子了。”稻草人说。

“我得不到胆量了。”胆小狮说。

“我得不到心了。”铁皮人说。

“我也永远不能回堪萨斯了。”多萝茜说。

“倘若我们同心协力，我们是一定能够到达翡翠城的！”稻草人接着说。他用尽全身力气撑着长杆，竟将它深深地插进了河底的淤泥里。在要将木杆拔出来之前，或者说在他将手松开之前，木筏子被急流冲开了，可怜的稻草人两手紧紧抱住木杆，被留在了河中央。

“再见了！”他朝他们大声喊道。

稻草人就这样离开了他们，这使他们感到非常难过。可不是吗，铁皮人又哭了，但是幸亏他还记得生锈这件事，便赶紧在多萝茜的围裙上揩去了快要涌出的泪水。

当然，这次事故对稻草人来说是一件倒霉透顶的事情。

“我现在的情形比当初遇到多萝茜时是更加坏了，”他心中暗自想道，“那时候，我被吊在竹竿上，戳在稻田里，无论如何，我还可以人模人样地吓吓乌鸦。但像我现在这样，一个稻草人戳起在河中央的一根木杆上，是没有任何益处的。我想，我恐怕永远都不会有脑子了。”

急流继续将木筏子向下游冲去，可怜的稻草人离他们是越来越远了。

这时，胆小狮说：“我们必须想出一个自救的办法。我想我能够拖着木筏子游到岸边，你们只要揪住我的尾巴就行。”

于是，胆小狮纵身一跃跳进水中，铁皮人拉紧它的尾巴，然后胆小狮奋力朝对岸游去。胆小狮虽然身大力不亏，但这仍然是一件艰苦的工作。渐渐地，胆小狮将木筏子拖出了这股急流。这时，多萝茜操起铁皮人的长木杆，帮着将木筏子撑到了岸边。

当他们上岸，一步步踏上那青翠的绿草地时，他们都感到精疲力竭了；同时他们也知道这股急流使他们走了很长一段冤枉路，从而远离了那条通向翡翠城的黄砖铺砌的路。

当胆小狮躺在草地上，让太阳晒干自己的身体时，铁皮人问：“我们现在到底该怎么办呢？”

“无论如何，我们必须回到那条道路上去。”多萝茜说道。

胆小狮说：“只要我们沿着河岸朝上游走，就可以走回到那条道路上去。”

于是，待他们都缓过劲来以后，多萝茜提起篮子，沿着长满青草的堤岸，要返回那河水将他们冲走的地方。那一带的原野景色分外美丽，长满了各种鲜花和果树，太阳暖洋洋地照在他们身上，使他们感到心旷神怡。如果不是在为稻草人的命运感到几分忧愁，他们则将是十分快乐的了。

他们拼尽全力地朝前快跑，多萝茜中途只停下了一次，去摘取一朵十分漂亮的花。过了一会儿，铁皮人忽然大声喊了起来：

“大家快看呀！”

他们一齐朝河中心望去，只见稻草人双手紧抱着插在河床底的那根木杆，被高高地吊在了上面，那模样显得十分的寂寞和忧愁。

多萝茜问道：“我们怎样才能将他救上来呢？”

胆小狮和铁皮人不约而同地摇了摇头，因为他们也想不出什么好办法。于是，他们只有无奈地在岸边坐了下来，沉默无语地呆望着稻草人。过了许久，一只鹳鸟飞了过来，它看见了他们，就停在水边稍作休息。

鹳鸟问他们道：“你们是些什么人？准备上哪儿去？”

“我是多萝茜，”女孩回答道，“他们都是我的朋友，这位是铁皮人，这位是胆小狮。我们都是要到翡翠城去的。”

鹳鸟扭动着长颈，颇有几分警觉地打量着这个奇怪的小团体，说道：“这条路不通往翡翠城。”

“我知道，”多萝茜回答说，“但我们失去了稻草人，我们正在商量着如何解救他。”

鹳鸟问：“他现在在哪里？”

“就在河中心。”小女孩回答道。

鹳鸟说，“他如果看上去不是那么大，那么重，我倒很乐意为你们将他救上来。”

多萝茜急切地说道：“他一点也不重的，因为他是用稻草填起来的。如果你能够将他救上岸来，使我们重新团圆，我们将会十分地感激你。”

“好吧，那我就试试看，”鹳鸟答应道，“如果我带他时觉得太沉重了，那我将不得不重新将他放回河中去。"

于是，那只大鹳鸟就飞到水面上空，直扑抱着木杆的稻草人，用它那双有力的大爪抓住稻草人的肩膀，提着他飞升到空中，回到了堤岸上。多萝茜和胆小狮，还有铁皮人和托托，都坐在那儿等候着。

当稻草人发现自己又重新回到了朋友们中间时，他高兴地一一拥抱了他们，连胆小狮和托托也包括在内。当大伙又一起上路时，他每走一步，口中就唱着："独——提——你——提——啊！"他是多么的快活啊。

"我当时想我恐怕将永远待在河中间了，"稻草人说，"但是好心的鹳鸟将我救了出来。假如我能够得到脑子，我将重新找到鹳鸟，好好地报答它。"

"那好呀，"鹳鸟说道，它就在他们身旁飞着，"我总是喜欢救人于危难之中。但现在我必须飞走了，因为我的孩子们正在窠里等着我呢。我希望你们能够找到翡翠城，奥芝也乐意帮助你们。"

"真是太感谢你了。"多萝茜回答说。于是，这只好心的鹳鸟就飞到高空去，不一会儿就不见了。

他们继续向前走着，一路上听见披着各色羽衣的鸟儿们在歌唱，看见茂密的鲜花如织锦般铺满地面，真是漂亮极了。花的色彩各异，有黄色的、白色的、蓝色的、紫色的大花朵；除此之外，还有大丛的深红色罂粟花，它们的色彩如此灿烂，几乎迷了多萝茜的眼睛。

小女孩一边尽情地嗅着这些色彩艳丽花朵的迷人香气，一边问道："它们不是很美丽吗？"

"我想是的，"稻草人回答道，"当我有了脑子时，或许我会更喜欢它们。"

"假如我有一颗心，我必然会爱上它们。"铁皮人接着说。

"我也真的常常喜欢花，"胆小狮说道，"虽然它们看上去是如此的娇嫩和弱不禁风。但是开在森林里的花，颜色却没有这般鲜艳。"

他们一路走去，只见那深红色的大罂粟花愈来愈多，而其他各色的花则愈来愈稀疏了。不一会儿，他们发现自己已经走在大罂粟花田里了。一般人心里都明白，如果这种花集中生长在一处，它们散发出的香气就会十分浓烈，任何人吸入了这种香气，都会昏睡过去。如果这个睡着的人不立即与这种香气隔离，那就会永远地睡过去了。但是多萝茜不知道这一点，而且也无法从这么一大块盛开着鲜红色花朵的田地里立即走开，所以她马上感到眼皮沉重了起来，觉得必须坐下来休息一下，而且想睡觉了。

但是铁皮人却不让她这么做，他说："我们必须在天黑之前，再走回到黄砖铺砌的道路上。"稻草人同意他的意见。于是他们尽力赶路，一直到多萝茜再也无法坚持下去了，她的眼睛不由自主地闭了起来，也不管自己身在何处，双腿一软就倒在罂粟花丛中睡着了。

铁皮人无奈地问道："我们现在该怎么办？"

"如果我们让她躺在这儿，她会死去的。"胆小狮说道，"这些花的香气也会杀死我们。我的眼睛几乎要睁不开了，而且那条狗也已经睡过去了。"

这话倒是真的，托托早已躺倒在它的小主人身边睡着了。另一方面，由于稻草人和铁皮人的身体不是由血肉做成的，所以这些花的香气对他们没有丝毫影响。

稻草人对胆小狮说："快跑吧，用尽你全身的力气，尽快地逃离这块要命的花地。我们会抬着这个小女孩跟在后面。如果你也睡着了，你这么大的一个身子，我们可抬不动。"

于是，胆小狮强打起精神，用尽浑身力气向前跳跃着，一眨眼工夫，他们就见不着它的身影了。

"让我们用双手搭成一只椅子抬着她走。"稻草人对铁皮人说道。于是他们抱起托托，将它放在多萝茜的怀里，随后用手搭成一只椅子，他们的臂膀便成了扶手，就这样他们抬着熟睡的小女孩，穿越这块花地。

他们费力地向前走着，然而这块要命的花地就像一块巨大的地毯，似乎永远也走不到头。他们艰难地沿着曲折的河岸前行着，最终赶上了他们的朋友——胆小狮，它正倒在花丛中呼呼大睡呢。这些花的香气太浓烈了，这只巨兽实在受不了，最终放弃了努力倒下了。而在它前方不远处便是罂粟花田的尽头，展现在他们眼前的是一片散发着清香气息的翠绿草地。

铁皮人发愁地说道："对于它，我们一点办法都没有，因为它实在是太沉重了，我们是抬不动它的。看来，我们只能让它永远在这儿睡下去了，可能它会在睡梦中找到胆量呢。"

稻草人说："这可真是太不幸了，它虽然胆子小，却是一个挺不错的同伴。我们继续赶路吧。"

他们抬着熟睡的小女孩来到河边一块舒适之地，这地方远离罂粟花田，她再也不会吸入这些花朵散发的毒气了。他们小心翼翼地将她放倒在软绵绵的草地上，静候着新鲜的微风来唤醒她。

9 田鼠皇后

“现在我们离那条黄砖铺砌的道路不会很远了，”稻草人站在女孩身边说道，“因为我们所走过的距离几乎与河水将我们冲走的距离相当了。”

铁皮人正准备回答，却听到一阵低沉的吼声，他转过头去（不要忘记，他那些关节是设计得很灵巧的），看见一只怪异的野兽正跳过草地朝他们奔来。千真万确，这是一只黄色的大野猫。铁皮人想道，它一定是在追捕某种猎物，因为它的一双耳朵正紧贴在头的两旁，张大着嘴，露出两排难看的利齿，圆瞪的双眼像火球一样闪闪发光。当大野猫逼近时，铁皮人看见跑在它前面的是一只灰色的小田鼠。铁皮人虽然没有心，但是他也知道，大野猫想要杀死这样一只美丽无害的动物，这种行为是不对的。

于是，铁皮人高高地举起手中的斧子，当大野猫跑过他身边时，他迅速地朝下一劈，准确无误地砍下了那只野兽的头，只见它四脚一蹬，身体分成了两半。

田鼠摆脱了敌人的追捕，停止了逃跑。它缓慢地爬到铁皮人的身边，用一种细小的尖声说道：

“啊，谢谢你！多谢你救了我一命。”

“请你千万不要这么说，”铁皮人回答道，“你要知道，我是没有心的，因此我总是格外留神地去救助那些需要帮助的朋友，即使它只不过是一只小田鼠。”

“只不过是一只小田鼠！”这只小动物愤愤不平地嚷道，“你这是什么话！我是一个皇后——是全体田鼠的皇后。”

“哦，那是我失礼了。”铁皮人说着鞠了一躬。

“所以你救了我的命，不但是做了一件勇敢的事，还是做了一件了不起的大事呢。”田鼠皇后接着说。

正在这时候，好几只田鼠迈着它们的短腿尽力朝他们奔过来，它们瞧见了皇后，就一齐大声喊道：

“啊，皇后，我们以为您被杀害了呢！您是如何逃过那只大野猫的魔爪的？”

它回答道：“这位有点好玩的铁皮人，是他杀死了野猫，救了我的性命。因此，今后你们必须好好地伺候他，服从他哪怕最微不足道的愿望。”

“遵命！”众田鼠一齐尖声应答道，然后惊慌地四散逃开了，因为此时托托已经睡醒了，看见身边到处都是田鼠，它惊喜万分地吠了一声，闷着头就跳到了田鼠中间。在堪萨斯时，托托就常常喜欢追逐老鼠，它瞧不出干这件事有什么坏处。

铁皮人弯腰将托托捉住，并将它紧紧地抱在怀里，同时向田鼠们大声喊道："都回来！都回来，托托是不会伤害你们的。"

听到这话，田鼠皇后从一堆草丛下探出头来，怯怯地问道："你能保证它不会伤害我们吗？"

铁皮人说："我不会松手的，这样你们就用不着害怕了。"

得到如此保证后，田鼠们一只接一只地爬了回来，托托也不再吠叫了，但是不停地想从铁皮人怀中挣扎出来。如果不知道他是用铁皮做的，它真想咬他两口才解恨。

这时，几个大田鼠中的一个开口了。

它问道："我们究竟能替你们做什么事情，才能够报答你救出我们皇后的性命之恩呢？"

"这我可回答不上来。"铁皮人老实地回答道。

稻草人也在一旁努力想着，但因为他脑袋里填的是稻草，也没有想出什么好主意，只好随口应道：

"啊，是的，你们可以去救胆小狮。它是我们的朋友，现在正睡在罂粟花田里起不来呢。"

"一只狮子，"小皇后尖叫道，"啊，它会将我们全部吃掉的。"

"啊，不会的，"稻草人肯定地回答说，"那是一只胆子很小的狮子。"

"真的吗？"一只小田鼠问道。

"它自己亲口说的，"稻草人回答道，"而且，它绝不会伤害我们的朋友的。如果你们能够帮助我们救它一命，我保证它一定会对你们非常友善的。"

"那好吧，"田鼠皇后说，"我们相信你的话。但是我们应该做些什么呢?”

“这里的许多田鼠，是不是全部都称呼你为皇后，并且都愿意听从你的命令?”

“啊，是的，总共有好几千只呢。”它回答道。

“那么，请叫它们赶快都到这里集合，并且每只小田鼠都要带上一根长绳子。”

田鼠皇后转过身面对它的侍从，命令它们立刻将它的子民召集前来。它们一接到它的命令，就立刻以最快的速度朝四方奔去。

“现在，”稻草人又对铁皮人说道，“你必须赶到河边的树林里去，在那儿造一辆大车来载运胆小狮。”

铁皮人立刻跑进树林并开始工作。他伐下几棵树，削去枝叶，用树干搭成了一辆大车，用木栓将它们钉合在一起，并用一棵大树的树干做成了四个车轮。他干起活来速度极快，手儿也巧，在田鼠们陆续到达时，大车也做成了。

田鼠们来自四面八方，数量有好几千，其中有大田鼠、小田鼠，也有不大不小的田鼠，每一只田鼠的口中都衔着一根绳子。恰在这里，多萝茜从长久的昏睡中醒了过来。她睁开双眼，非常吃惊地发现自己已经躺在了草地上，身边围绕着几千只田鼠，正睁着惊恐的眼睛注视着她。稻草人将事情的前因后果告诉了她，然后转身面对高贵的田鼠皇后，说道：

“请允许我将田鼠皇后陛下介绍给你。”

多萝茜庄重地点点头，田鼠皇后行了个屈膝礼，不久它就和小女孩变得十分友好了。

这时稻草人和铁皮人开始用田鼠们带来的绳子，将它们和大车连在一起。绳子的一端套在每一只田鼠的脖子上，另外一端则缚在大车上。当然，大车的体积要比每一只准备拉大车的田鼠大上一千倍，但是当所有的田鼠都套好了之后，靠集体的力量它们就能够很容易地拉动大车了。即使是稻草人和铁皮人都坐在大车上面，这些奇异的“小马”们也能轻快地将它拉到胆小狮昏睡的地方去。

胆小狮的身子实在是太沉重了，经过一番艰苦的努力，它们才将它弄上了大车。皇后担心田鼠们在罂粟花田里待久了，它们也会昏睡过去，于是匆匆忙忙地向它的子民发出了拉动大车的指令。

刚开始时，虽然田鼠的数量众多，但仍很难拉动这辆沉重的大车，多亏有铁皮人和稻草人两个在后边推着，情况才变得好多了。不一会儿，它们就将胆小狮拉出了罂粟花田，来到了碧绿的原野之上，在这里它能够再次呼吸甜净清新的空气，再也不会吸入花朵散发出的毒气了。

多萝茜走上前去迎接它们，对它们表示衷心的感谢，因为它们将她的同伴从死神那儿拉了回来。她已经非常喜欢这只大狮子，对它的获救感到十分高兴。

于是田鼠们纷纷解脱套在大车上的绳子，迅速地穿过草地，回到各自的家中。

田鼠皇后是最后一个离开他们的，临走前她对他们说道：“如果你们今后还需要我们的帮助，只要站在田里大声召唤一声，我们就会听见并赶来帮助你们。再见！”

“再见!”他们齐声回答。田鼠皇后转身离去，这时候，多萝茜搂紧了托托，要不然，它就会去追逐田鼠皇后，并且去恐吓它的。

这以后，他们围坐在胆小狮身边，等待它苏醒过来。稻草人在近旁的一棵树上，摘来了许多果子，多萝茜将它们做了一顿午餐。

10 城门卫士

胆小狮在罂粟花田里躺过很长一段时间，吸入了过多的致命香气，因此过了好久才苏醒过来。它睁开眼睛，翻身滚下大车，发现自己仍然活着，不禁感到分外快乐。

它坐下身子，打着哈欠，对他们解释道："我拼命地往前跑，但那香气实在是太厉害了，所以我就倒下了。你们是怎样将我救出来的?"

然后他们对它讲了田鼠的故事，是它们勇敢地将它从死亡线上拉了回来。

胆小狮大笑着说道："我以前常认为自己是十分强大和凶猛的，没想到那些不起眼的花儿却差一点儿要了我的性命。而像田鼠这般小动物却能救我一命，这是一件多么奇怪的事情啊！但是，伙伴们，我们现在该怎么办呢?"

多萝茜说："我们现在必须上路了，去寻找那条用黄砖铺砌的道路，只有这样我们才能赶到翡翠城去。”

这时，胆小狮已缓过劲来，恢复了往日的活力。大伙儿一块重新上路，走在柔软新鲜的草地上，心情却十分愉悦。不久，他们重新找到了那条黄砖铺砌的道路，沿着它朝伟大的奥芝居住的翡翠城去。

现在，路面光滑而平坦，四周的景色也十分美丽，这些旅行者们暗自庆幸他们已远离了那片森林，也逃离了在那些阴沉黑暗之处潜藏着的种种危险。不时地，他们发现路两旁又竖起了栅栏，不过它们都漆上了绿色。有一次他们路过了一个农夫居住的小屋，也被漆成了绿色。在整个下午，他们路过了好几所这样的屋子，有时候住户跑到门口瞧着他们，那神情似乎是要问他们一些问题，但因为他们身边跟着一只大狮子，没有人敢走近他们，也没有人敢和他们搭话。那些人都穿一身可爱的翠绿色的衣裳，像芒奇金人那样，头上戴着尖顶的帽子。

“这里一定是奥芝国了，”多萝茜说，“看来我们一定离翡翠城不远了。”

“看样子是的，”稻草人回答道，“这里什么东西都是绿色的，但在芒奇金人的国度里，蓝色才是他们最喜欢的颜色。但是，这儿的人看上去似乎不如芒奇金人那么友好，我担心我们找不到能够过夜的地方。”

“除了果子之外，我还想吃一些别的食物，”女孩说道，“另外，我想托托也一定饿坏了。我们最好在下一所屋子旁停一下，和里面的人商量商量。”

于是，当他们走到一所不大不小的农舍旁边时，多萝茜壮起胆子上前去敲门。一个妇人将门打开一条缝，刚刚可以看清多萝茜，然后问道：

“孩子，你需要什么东西？你为什么和一只大狮子待在一起呢？”

“如果你允许，我们想在你这儿过夜，”多萝茜回答道，“这只狮子是我的朋友，又是同行的伙伴，它是绝不会伤害你的。”

“它是驯化了的吗？”那个妇人问道，同时将门开大了一点。

“啊，是的，”女孩子回答，“而且它是一个大胆小鬼，它怕你，比你怕它更加厉害。”

那妇人仔细地想了想，又窥视了一眼狮子，然后说道：“如果是你说的那么回事，你们可以进屋，我给你们吃一顿晚饭，并且给你们安排一个睡觉的地方。”

于是他们一起走进了屋子。屋里除了妇人之外，还有两个小孩和一个男人。那男人伤了腿，正躺在角落里的一张床上。他们看见如此奇怪的一队团体进了屋，着实给吓了一大跳。当那妇人忙碌地安放桌子时，那男人问道：

“你们这一伙是要到什么地方去？”

“到翡翠城去，”多萝茜回答，“去拜访那伟大的奥芝。”

“啊，老天！”男人大声地叫喊起来，“你们真的相信奥芝会接见你们吗？”

“为什么不会？”她反问道。

“为什么？据说他从来不让任何人走近他的面前。我去过翡翠城许多次，那可是一处美丽而妙不可言的地方，但是我却从来不曾被允许去见伟大的奥芝，我也知道没有任何人曾经看见过他。”

稻草人问：“他从来都没有出来过吗？”

“从来没有。他成天坐在他宫殿中的大宝座上，即使那些贴身侍候他的人，也没有面对面地见过他。”

女孩问：“他长的什么模样？”

“这可就难说了，”男人若有所思地说道，“你要知道，奥芝是一位伟大的巫师，他能够随心所欲地改变自身的模样。因此，有人说他的模样像一只鸟；有人说他的模样像一只象；有人说他的模样像一只猫。而对另外一些人而言，他似乎又是一位美丽的仙人，或是一位仙童，或是他喜欢什么模样就是什么模样。但是奥芝的真身，即他自身的真实模样，那是没有任何一个人能够描绘出来的。”

多萝茜说：“那可真是十分奇怪，但无论如何，我们总得想个法子去会见他。要不然，我们就白跑了这一趟了。”

那个男人不解地问道：“你们为什么要去见那可怕的奥芝呢？”

稻草人急切地说：“我要请求他给我一些脑子。”

“啊，奥芝轻易就能满足你的请求，”男人十分肯定地说，“他的脑子多得用不完呢。”

铁皮人接着说：“我要请求他给我一颗心。”

“那对他而言也不是一件麻烦事，”男人继续说，“因为奥芝有一大堆心，大大小小各式各样的应有尽有。”

胆小狮说：“我要请求他给我一些胆量。”

“奥芝在皇宫里藏有一大罐胆量，”男人说，“他用一只金盘

“如果你允许，我们想在你这儿过夜，”多萝茜回答道，“这只狮子是我的朋友，又是同行的伙伴，它是绝不会伤害你的。”

“它是驯化了的吗?”那个妇人问道，同时将门开大了一点。

子将那罐子盖住，使胆量不至于溜掉。他会很高兴地给你一点胆量。”

多萝茜接着说：“我要请求他将我送回堪萨斯去。”

“堪萨斯在什么地方？”男人惊奇地问道。

“我也不知道，”多萝茜十分忧愁地回答道，“但是那里是我的家乡，我相信它一定在某个地方。”

“非常有可能。唔，奥芝无所不能，所以，我猜想他一定会帮你找到堪萨斯。但你们首先必须见到他，这本身就是一件天大的难事，因为这位大巫师不愿见任何人，而且有自己的行事方式。但是你的要求是什么呢？”他这一回问的是托托。

托托只是不停地摇动着它的尾巴，说来奇怪，托托是不会说话的。

此时那妇人过来招呼他们，晚饭已经预备好了，于是他们围坐在桌子旁。多萝茜吃了些可口的燕麦粥、一碟子炒鸡蛋，以及一盘子细白面面包，她吃得非常舒心。胆小狮吃了一点燕麦粥，但是并不喜欢那种味道，口里不停地嘟囔说那是用雀麦做成的，而雀麦是马吃的食物，不该拿来给狮子吃。稻草人和铁皮人是什么东西都不吃的，而托托将每种食物都尝了一点，对又能吃上一顿丰盛的晚饭，心中感到十分快活。

那妇人给多萝茜铺好了一张床，多萝茜上床休息，托托睡在她的旁边，而胆小狮就守卫在她的房门口，这样她就可以不受侵扰。稻草人和铁皮人整夜一声不吭地站在一个角落里，当然他们是不会睡觉的。

第二天早晨，太阳刚刚升上天空，他们就又上路了。不久，他们看见一道绚丽的绿光，正在他们前面的天空中闪耀着。

多萝茜说："想必那儿就是翡翠城了。"

他们愈往前走，那道绿光就愈亮了，看来他们终于接近了此次旅行的目的地。然而，当他们走到了环绕城市的城墙面前时，时间已接近正午时分。只见那城墙又高大又厚实，泛射出鲜亮的绿色光芒。

在他们的正前方，那条黄砖铺砌道路的终端，矗立着一座高大的城门。城门上满镶着绿色的翡翠，在太阳光里，灿灿地闪耀着，即使是稻草人那双画上去的眼睛，也被它放射出的光芒射得眩晕了。

在城门旁边，装着一个按铃，多萝茜走上前去揿着按钮，听见里面响起一阵清脆的铃声。于是城门缓慢地打开了，他们走过城门，发现自己走进了一间高拱形的房间里。房间的四面墙上，镶嵌着无数的翡翠，闪闪发光。

一个身材像芒奇金人一般大小的小个男人，站在他们的面前。他从头到脚，穿着一身绿色的装束，他的皮肤也微带绿色。在他的身边，放着一只硕大的绿色箱子。

当他看见了多萝茜和她的同伴时，这人就问道：

"你们来到翡翠城中有什么事情？"

多萝茜回答："我们来到这里，是要拜访伟大的奥芝。"

听到这个回答，那人感到十分惊讶。他坐下身子将这件事仔细地考虑了一番。

"已经有许多年没有人请求我允许他们去见奥芝了，"他困惑地摇着头说，"他有着巨大的力量，而且十分可怕。如果你们是突发奇想，或是用一些愚笨的事情去打扰这个大巫师的思想，也许会惹得他发怒，他会一下子将你们全都杀掉。”

“我们来这儿可不是为了某种愚笨的事情，更不是突发奇想，”稻草人回答说，“这件事是十分重要的。并且有人告诉过我们，说奥芝是一位善良的巫师。”

“他当然是善良的，”这个全身绿色的人赞同道，“而且他将这座翡翠城管理得井井有条。但是他对那些不诚实的，或者纯粹是为了满足好奇心而要求见他的人，他的模样是非常可怕的。几乎没人敢请求去看他的脸。我是城门的卫士，既然你们请求伟大的奥芝的接见，我必须将你们带到他的宫殿里去，但是首先你们必须戴上眼镜。”

多萝茜不解地问道：“为什么？”

“因为假使你们不戴上眼镜，翡翠城放射出的灿烂亮光，将会照瞎你们的眼睛。就是住在这个城市的本地人，也必须日夜戴着眼镜，眼镜戴上后都上了锁。这座城市刚建成的那一天，奥芝就下了这道命令，我掌握着开锁的唯一一把钥匙。”

他打开那只大箱子，多萝茜看见里面放满了各式各样的大小眼镜，镜片全是由绿色玻璃制成的。城门卫士从中找出一副恰好适合多萝茜佩戴的眼镜，架在她的眼睛上。眼镜架上缚着两条金带，可以交叉地紧束在多萝茜的后脑勺上，而城门卫士挂在脖子的金属链上有一把小钥匙，他用它将金带锁牢。这样，多萝茜戴上眼镜后，就不能随意将其取下了。当然，为了不使自己的眼睛被翡翠城的光芒照瞎，多萝茜也不敢摘下眼镜，所以，对此她也毫无怨言。

于是，这个绿色卫士又分别给稻草人、铁皮人、胆小狮戴上眼镜，甚至连小托托也毫无例外，并全用钥匙锁住了。

接着，城门卫士戴上了自己的眼镜，并告诉他们，他已将一切安排妥当，这就将他们领到宫里去。他从墙上的一只木钉上取下一把大金钥匙，打开另外一扇门，他们紧跟在他身后，穿过城门入口，走进翡翠城的街上去了。

11　奇妙的翡翠城

多萝茜和她的朋友们，虽然眼睛有着绿色眼镜的防护，但还是被这个奇妙城市所放射出的光芒给弄眩晕了。只见街道两边排列着漂亮的房子，房子全部是用绿色大理石造成的，墙面镶嵌着闪闪发亮的翡翠。他们脚下的人行道同样是用绿色大理石铺砌的，大理石间的缝隙填塞着绿色的翡翠，一行一行的，在太阳光的照耀下灿烂闪烁。房子的窗子上都安上了绿色的玻璃，即使城市上的天空也散发出一种淡淡的绿色，太阳的光线也给染成绿色的了。

城市里居住着许多人，有男人，有女人，也有小孩，他们在城市各处走动着。这个城市的人们都穿着绿色的衣服，皮肤也是绿色的。他们都用惊异的眼光打量着多萝茜和由她带领的这个奇怪的小团队。孩子们看到胆小狮后，都吓得四散奔逃，躲到了他们母亲的身后，没有一个人敢走上前来和他们说话。街面上开设了许多店铺，多萝茜瞧见里面陈列的商品也都是绿色的，有绿色的糖果、绿色的爆玉米花、绿色的鞋子、绿色的帽子和各式各样的绿色衣衫。在一个地方，有人在出售绿色的柠檬水，当孩子们去买来喝时，她看见他们付给的钱也是绿色的。

在这里见不到马，也没有其他动物，只见有人推着绿色的小车，上面堆放着各种物品。这里的每个人的神情看上去都显得幸福、满足，过着富裕的生活。

城门卫士带领他们穿过一条条街道，来到一座位于市中心的大厦前，这就是大巫师奥芝居住的宫殿。在宫殿的门口站立着一个士兵，他身着绿色制服，留着长长的绿色胡须。

城门卫士对这个士兵说道："这里有几个陌生的客人，他们请求会见伟大的奥芝。"

士兵回答说："到里面来，我去向他通报你们的情况。"

他们穿过宫殿的大门，被领进一间铺着绿地毯的大房间里。房间里摆放着一些漂亮的绿色家具，家具上面镶着翡翠。在走进房间之前，那士兵请他们在门口的一块绿垫子上擦干净他们的鞋底。等他们一起坐好后，他很有礼貌地说：

"请允许我到王宫门口去通报奥芝，说你们请求见他。请你们先在这儿休息一会儿吧。"

他们等了很长一段时间。当士兵回来后，多萝茜问道：

"你见着奥芝了吗？"

"啊，没有，"士兵回答道，"我从来没有亲眼见过他。他坐在帐幔的后面，我将你们的愿望转述给他。他说，既然你们有这种请求，他非常乐意接见你们，但是，他只能一个一个地单独接见你们，而且一天只能接见一个。这样，你们必须在宫中停留好几天，我将叫人为你们安排几个房间，使你们在经过长途跋涉之后，能够休息得舒服一些。”

“谢谢你，”女孩回答道，“奥芝待我们真是太好了！”

那个士兵马上吹响了一只绿色的哨子，立刻有一位穿着漂亮绿丝袍的年轻姑娘走进房间里来。她有一头漂亮的绿色长发，眼睛也是碧绿色的。她一边对多萝茜说话，一边对她深深地鞠躬：“请跟我来，我将带你去你的房间。”

于是，多萝茜向她的朋友们道别，托托当然除外。她将这只狗抱在怀里，跟在绿衣姑娘身后，穿过七条过道，跨上三座楼梯，一直来到宫殿前面的一间房间里，那可称得上是世界上最可爱的小房间了。房间里有一张柔软舒适的床，床上铺着绿色的丝绸被单，罩着绿天鹅绒的床罩。房间的中央安了一个极小的喷泉，向空中射出一朵绿色香水的水花，水花回落在一只雕工精细的绿色大理石盆中。房间的几处窗台上摆放着几盆漂亮的绿色鲜花，在那里还有一个书架，上面摆着一排绿皮小书。当多萝茜得空打开这些书来看时，发现里面的内容都是一些奇怪的绿色图画，逗人发笑，真是有趣极了。

房间里还有一只衣橱，里面挂满了绿色的衣服，都是用绸缎和天鹅绒制成的，多萝茜穿起来都十分合身。

“你在这儿就像待在自己家里一样，”绿衣姑娘对多萝茜说道，“如果你需要什么东西，就请摇一下这个铃。明天早晨，奥芝自会差人来叫你。”

然后，她将多萝茜独自留在她的房间里，自己又去招呼多萝茜的朋友们去了。

就这样，她也把他们领到各自的房间里去，每个人都觉得自己分配到的宫殿房间十分舒适。当然，这样的款待对稻草人而言是白费功夫的，因为当稻草人发现自己被独自留在他的房间里时，他竟然就站在了门口，傻乎乎地等待着天亮。他不能够闭上眼睛，因此躺下身也得不到休息，所以只能整夜圆睁双眼，呆望着一只小蜘蛛在房间的一个角落里织网，仿佛他不是住在世界上最奇妙的一间房间里似的。

而铁皮人曾经有过血肉之躯，受过去习惯的驱使，他躺在了床上，却不能够入睡。他只好一整夜不停地上下活动他全的关节，以确保它们处在良好的活动状态。

就胆小狮的本性而言，它宁愿躺在森林中的干树叶上面，也不愿意像这样被关在一间房间里。但它还算是有几分理智的，不愿让这种小事来困扰自己。于是，它跳上床去，像猫一样蜷起身子，嗓子里咕噜了两声，在一分钟里就睡过去了。

第二天清晨，吃过早餐后，绿衣姑娘来到多萝茜的房间。她替多萝茜换上一件最漂亮的长袍——用绿色锦缎做成的，多萝茜自己又围上了一条绿绸围裙，并且在托托的脖子上缚上一条绿丝带，她们动身到伟大的奥芝的王宫去。

最初，她们走进了一个大厅里，在那里她们碰上了许多朝廷上的贵妇和王公贵族，他们全穿着华丽的服装。这些人终日无所事事，只是靠闲聊来打发日子。虽然他们从来没有被允许进去觐见奥芝，但是每天早晨，依旧在王宫外侍候着。当多萝茜进到大厅里后，他们全都好奇地注视着她，其中有个人压低嗓音问道：

“你真的要去看看那可怕的奥芝的脸吗?”

女孩回答道:“如果他愿意接见我,我当然要看他的脸。”

“唔,他愿意接见你,”那个曾把她的愿望传达给大巫师的士兵说,“虽然说他一般不喜欢接见百姓。真的,开始时他十分生气,要我告诉你从哪儿来的就回哪儿去。后来他问我你什么模样儿,当我说你穿着一双银鞋子时,他表现出了极大的兴趣。最后,我还向他提到了你前额上的印记,他就决定亲自接见你。”

就在这里,响了一声铃,绿衣姑娘对多萝茜说:“这是信号,现在你必须独自一人走进王宫里去。”

绿衣姑娘打开旁边的一个小门,多萝茜大着胆子走进去,发现自己来到了一个奇妙的处所。这是一间极大的圆形房间,有着高大的拱形房顶。四周的墙壁、天花板和地板,都是用大块翡翠紧密地嵌接着的。房间的正中央有一盏巨大的吊灯,明亮如太阳,在它的照耀下,房间内的翡翠闪动着奇异的光芒。

最能吸引多萝茜注意力的,要数安放在房间正中央的那张巨大的绿色大理石宝座。它的形状像一把椅子,也像房间内的其他物品一样,闪耀着宝石的光芒。在宝座的中央,有一颗硕大的头,除此之外,既看不到支撑头的身子,也见不到手脚。头上没有头发,只有一双眼睛、鼻子和嘴巴,而且比最大巨人的头还要大。

正当多萝茜在惊奇和恐惧中凝视着时,那双眼睛缓慢地转动着,最后,尖锐而长久地盯住了多萝茜。于是那嘴巴也开始动了,多萝茜只听见一个声音说道:

“我是伟大而令人恐惧的奥芝。你是谁?为什么要来见我?”

与那个巨大的头相比，这声音听上去倒不显得十分可怕，于是多萝茜壮了壮胆子，开口答道：

“我是渺小的温和的多萝茜，我是为了请求得到你的帮助才到这儿来的。”

那双眼睛凝思般地盯住她足有一分钟，然后，那声音又问道：

“你是在什么地方得到这双银鞋子的？”

她回答说：“当我的房子从空中掉在东方恶女巫的身上，将她砸死后，我便从她那儿得到了这双银鞋子。”

那声音继续问：“你前额上的这块印记又是如何得来的呢？”

“北方好女巫要我到你这儿来，在与她告别时她吻了我，所以就留下了这个印记。”小女孩说。

那双眼睛又尖锐地注视着她。瞧出她说的是真话，于是奥芝问道：

“你要请求我做什么呢？”

“将我送回堪萨斯，那里有我的埃姆婶婶和亨利伯伯，”她急切地回答道，“虽然你的国土十分美丽，我却不喜欢它。我离开堪萨斯太久了，埃姆婶婶现在一定急得要死呢。”

那双眼睛不停地眨动了三次，随后又翻上去看了下天花板，转下来瞧了下地板。那双眼睛在眼眶里奇异地转动着，似乎能看到这个房间的每一个角落。最后，这双眼睛又盯上了多萝茜。

“为什么我要帮你呢？”奥芝问道。

“因为你是强者，我是弱者；还因为你是大巫师，而我只是一个无助的小女孩。”

奥芝说："但是，你却强大得足以杀死东方恶女巫嘛。"

多萝茜不假思索地答道："那只不过是碰巧罢了，我并不是有意为之的啊。"

"好了，"那颗头说道，"这么跟你说吧。除非你帮我做件事情作为回报，否则你没有权利希望我送你回到堪萨斯去。在我们这个国家里，每一个人要想得到某件东西，都必须付出相应的代价。倘若你要我施行魔法送你回家，你必须为我做一件事情。你先帮我，我才能帮你。"

女孩子问："我必须做什么事情呢？"

"杀死西方恶女巫。"奥芝回答道。

多萝茜不由得大吃一惊，高声喊道："这个，我做不到！"

"你曾经杀死过东方恶女巫，现在你脚上又穿着一双具有很大神力的银鞋子，你是完全有能力办成这件事情的。如今在这块土地上只剩下一个恶女巫了。如果有一天你告诉我她已经死去了，我便送你回堪萨斯去——但是在此之前，你想都不要想这件事情。"

小女孩不禁哭了起来，她的内心是多么失望啊。

奥芝的那双眼睛又眨动了一下，充满焦虑神情地盯住她，那分明是在告诉小女孩，只要她愿意，她是能助伟大的奥芝一臂之力的。

"我从来没有主动地杀死过任何生命，"她呜咽着说，"即使我愿意去做，我怎么能够有力量去杀死那个恶女巫呢？你是伟大的令人恐怖的奥芝，如果你都不能杀死她，怎么能够指望我去杀死她呢？"

“这个我不管，”那个头说，“这就是我对你请求的回答。除非等到恶女巫死了，你将再也见不到你的伯伯和婶婶。请记住，那个女巫是邪恶的——十分的邪恶——她应该被杀死。现在你可以走了，不完成交给你的任务，就不要再来见我。”

多萝茜怏怏不乐地离开王宫，回到一直在等待着她的胆小狮、稻草人和铁皮人身边。他们都想知道奥芝到底对她说了些什么。

她沮丧地说：“我是没有什么希望了，因为除非我杀死了西方恶女巫，奥芝才肯送我回家去，可是这是一件我永远无法办到的事。”

她的朋友们也都为她感到难过，却又想不出什么好法子来帮助她。因此多萝茜只好回到房间里去，躺在床上哭啊哭，不知不觉地睡着了。

第二天早晨，那个长着绿色胡须的士兵来到稻草人那里，对他说道：

“跟我走吧，奥芝派人来叫你了。”

于是稻草人就跟着他走，被带进了王宫里。他看见翡翠宝座上正坐着一个非常可爱的妇人，她穿着绿绸纱制成的衣服，有着波浪的绿色长发的头上戴着一顶宝石皇冠。她的双肩上长出一双翅膀，色泽艳丽，灵活纤巧，仿佛空气中的一丝风就能使它们摆动起来。

稻草人以他那身体内发硬稻草所能允许的角度优雅地向这个美丽的妇人鞠了一躬，这时她温柔地注视着他，说道：

“我是伟大的可怕的奥芝，你是谁？为什么要来见我？”

稻草人站在原地惊呆了，因为正如多萝茜先前告知他的，他期望见到的是一颗大头。但是他鼓起勇气回答道：

“我只不过是一个稻草人，就是说，是用稻草填充成的，因此，我没有脑子。我到你这儿来，是希望你能将我脑袋里的稻草取出来，放进一些脑子，使我变得和你属下的臣民一模一样。”

那妇人问道：“我为什么要帮你这个忙呢？”

稻草人回答道：“因为你够聪明，够有力，其他的人都帮不了我的忙。”

“没有回报，我是不会帮任何人的忙的，”奥芝说，“我能答应你的只有这些，那就是倘若你能够帮我杀死西方恶女巫，我将给你好多脑子，而且都是一些极好的脑子，那将使你成为全奥芝国绝顶聪明的人。”

稻草人吃惊地说：“我想你已经要求多萝茜去杀死那恶女巫了。”

“这话不错，但我不在乎是谁去杀掉她。但除非她死了，我是不会答应你的请求的。现在你可以走了，直到你可以得到你渴望着的脑子之前，不要再来找我。”

稻草人忧虑地回到朋友们中间，将奥芝对他说的话转告给他们。当多萝茜听到伟大的奥芝不是一颗大头，而是一位美丽的贵妇人时，她不禁感到万分惊奇。

“都是一样的，”稻草人说，“她虽然是一位美妇人，却与铁皮人一样，差一颗心。”

第二天早晨，那个长着绿色胡须的士兵来到铁皮人那里，对他说道：

“跟我走吧，奥芝派人来叫你了。”

于是，铁皮人跟着他到王宫里去。他不知道他待会儿要见到的奥芝到底是一位可爱的贵妇人，还是一颗大头，但是他希望是那位可爱的贵妇人。“因为，”他自言自语道，“如果是那颗大头，我肯定我将得不到一颗心，因为头自己也是没有心的，所以不能够同情我。但如果是那位可爱的贵妇，我将苦苦地哀求着要一颗心，因为所有的妇人都说她们有一颗好心。”

但是当铁皮人走进王宫后，他见到的既不是一颗大头，也不是那位妇人，因为奥芝变身成了一只最可怕的怪兽。它身体庞大得像一头象，那个绿色的宝座似乎都承载不住它身体的重。这只怪兽长着一颗似犀牛般的头，只是上面有五只眼睛。在它身上长出了五只长臂，另外还有五只细长的腿。它全身长满了浓密的长毛，可称得上是世界上模样最可怕的怪物了。值得庆幸的是，铁皮人这时还没有心，否则，他的心会因为害怕而跳动得响而且快哩。正因为他是用铁皮制成的，铁皮人虽然十分失望，却一点儿都不感到害怕。

“我是伟大的可怕的奥芝!”这只怪兽用近似吼叫的声音说道，“你是谁?为什么要来见我?”

“我是一个樵夫，是用铁皮制成的。因此，我没有心，无法谈恋爱。我请求你给我安一颗心，使我可以像其他的人一样。”

怪兽问道:“我为什么要这么做?”

铁皮人回答道:“我请求你这么做，因为只有你才有力量满足我的请求。”

听到这个回答，奥芝发出了一声低沉的咆哮。他粗暴地说道：

“假如你真的想得到一颗心，你必须靠自己去赢得它。”

铁皮人问：“怎样才能赢得它呢？”

“去帮助多萝茜杀死西方恶女巫，”怪兽回答说，“当恶女巫死了后，你再到我这儿来，我将把全奥芝国中那颗最大、最善良、最富于激情的心送给你。”

于是，铁皮人也不得不被迫遗憾地回到他的朋友们那里，告诉他们他看见了一只最可怕的怪兽。他们不由得对这位大巫师能变幻出众多的模样而惊叹不已，这时胆小狮说道：

“当我去见他时，如果他是一只野兽，我会尽力发出我的吼声，那样它就会被吓坏，不得不答应我的请求。如果他是一个可爱的贵妇，我就假装要扑到她身上去，强迫她答应我的请求。如果他是一颗大头，那他可就惨了，我会将他踢得满房间转圈儿，一直到他答应我们的要求为止。所以，我的朋友们，请放乐观些，事情倘有可为呢。”

第二天早晨，那个长着绿色胡须的士兵将胆小狮带到王宫门前，让它去面见奥芝。

胆小狮一跃而过地进了王宫门，它向四周张望，吃惊地发现在宝座前有一团火球。那团火球燃烧得十分剧烈而炽热，胆小狮简直不敢用正眼去瞧它。起初它认为是奥芝一不小心惹火上身，将自己点燃了。当它想靠近一点时，它发现那热度非常厉害，将它的胡须都烤焦了。于是，胆小狮只有浑身颤抖地倒爬了几步，站到了靠近门口的地方。

于是从那团火球中传出来一种低沉镇定的声音，说出了如下这番话：

“我是伟大的可怕的奥芝！你是谁？为什么要来见我？”

胆小狮回答道：“我是胆小狮，对一切事物都感到害怕。我到你这里来是想请求你给我一些胆量，使我成为名副其实的百兽之王，因为人们就是这样称呼我的。”

“我为什么应该给你胆量呢？”奥芝不屑地问道。

胆小狮回答说：“因为在所有的大巫师中，你是最最伟大的，你有力量满足我的请求。”

这时候，那团火球燃烧得更加猛烈了。

那声音又说：“你把那恶女巫已死的证据拿来给我看，那时候我就将胆量给你。但是，只要那恶女巫还活着，你就只能是一只胆小狮。”

听了这番话，胆小狮不禁感到十分愤怒，但一时又找不出反驳的理由。正当它站在原地默默地注视着那团火球时，不料它却燃烧得更加炽热了，胆小狮只好夹起尾巴逃出了王宫。它的朋友们正在外面等候着它，对此它感到十分欣喜，并将它和巫师见面的可怕经过转述给他们听。

这时，多萝茜忧愁地问道：“现在我们该怎么办呢？”

“现在我们只能做一件事情，”胆小狮回答说，“那就是去到那温基人住的地方，找到那恶女巫，将她杀死。”

“但是，假使我们做不到呢？”女孩又问。

“那么，我将永远不会有胆量了。”胆小狮断然地说。

“我将永远不会有脑子了。”稻草人接着说。

“我将永远不会有一颗心了。”铁皮人说。

“我也将永远见不到埃姆婶婶和亨利伯伯了。”多萝茜说着，不禁又哭了起来。

“当心，”那个绿衣姑娘大声叫道，“眼泪会落在你的绿缎衣服上，留下污点的。”

于是，多萝茜急忙揩干眼泪，继续说道：“我想我们应该冒险去试一下，但是我相信即使是为了再见到埃姆婶婶，我也不想去杀死任何人。”

“我同你一道去，但是要杀死那个恶女巫，我的胆子是太小了。”胆小狮说。

“我也同你一起去，”稻草人自告奋勇地说道，“不过我是一个笨汉，恐怕对你没有多大的帮助。”

“虽说是一个恶女巫，我也无心去伤害她。”铁皮人说，“不过你既然要去，我当然会陪你一起去。”

于是，他们决定第二天清晨就出发。铁皮人在一块绿色磨刀石上，磨快了他的斧子，并在他全身的关节上加了油。稻草人往自己的身体里填充了一些新鲜的稻草，多萝茜还将一些新油漆涂抹在他的眼睛上，使他可以看得更加清楚一些。那个绿衣姑娘对待他们十分友善，往多萝茜的篮子里放了好多好吃的食品，还将一只小铃铛用绿丝带系在了托托的颈项上。

那天晚上他们很早就上床休息了，并且睡得十分香甜。第二天清晨，养在王宫后院的一只绿色公鸡，喔喔喔地啼；又有一只母鸡，生下了一个绿色的鸡蛋，正在咯咯地叫，他们才被唤醒了。

12 寻找恶女巫

那个长着绿胡须的士兵，领着他们穿过翡翠城中的几条街道，将他们送进城门卫士居住的营房里。这个士官用钥匙开了他们眼镜上的锁，将它们放回大箱子中；接着，又颇有礼节地为他们打开了城门。

“到西方女巫居住的地方，应该走哪一条路呢？”多萝茜问他道。

“到那儿去是没有现成的道路的，”城门卫士回答说，“没有人愿意朝那个方向去。”

“那么，我们如何才能寻找到她呢？”女孩追问道。

“这事一点儿都不难，”城门卫士回答说，“因为当恶女巫知道你们在温基人的国土上时，她就会主动地来找寻你们，将你们统统抓起来做她的奴隶。”

“这恐怕不太可能吧，”稻草人说，“要知道，我们是要去杀死她的。”

“啊，这就不同了，”城门卫士说，“在这以前，没有一个人会想去杀死她，所以我自然而然地想到她会把你们抓起来做奴隶，正像她对其他人干的那样。但你们可要当心啊，她邪恶而凶猛，你们可能无法杀死她的。从这儿一直往西走，那是日落的地方，你们一定会找到她的。”

他们感谢他，与他道别，然后朝西进发。他们走进一片柔软的草地，草地上间生着雏菊和毛茛类植物。多萝茜依旧穿着王宫中的漂亮绸衣，但使她吃惊的是，她发现绸衣已不是绿色的了，而是变成了纯白色。系在托托脖子上的绿丝带，也像多萝茜的衣裳一样，褪去了绿色而变成白色的了。

不一会儿，翡翠城就被他们远远地抛在了身后。他们越向前走，路面越加变得崎岖不平，并且逐渐抬高。因而在这西部的地区，既没有农田，也没有农舍，这是一块未曾耕耘过的处女地。

到了下午，太阳晒得他们的脸儿发烫，因为这儿没有树木为他们遮蔽火辣辣的阳光。因此，多萝茜和托托，还有胆小狮，在天黑之前都已累得精疲力竭，倒在草地上就睡着了，而铁皮人和稻草人就在他们身旁守护着。

西方恶女巫只长有一只眼睛，但那只眼睛却犹如望远镜，能够看到老远的地方。所以，当她坐在城堡的大门口，偶然地向四周眺望时，就瞧见多萝茜睡熟了，她的朋友们正环绕在她的身边护卫她。他们离城堡还有长长的一段路程，但恶女巫发现他们已侵入她的国土，因此十分恼怒，于是她吹响了挂在她脖子上的一个银笛。

转眼间，应声从四面八方奔来了一群恶狼。它们都长着长长的腿，瞪着恶狠狠的眼睛，露着白晃晃的利齿。

恶女巫吩咐它们道："赶到那些人那里去，将他们的身体撕得粉碎。"

恶狼的首领不解地问道："难道你不把他们抓来做奴隶吗？"

"不了，"她回答说，"他们中间一个是铁皮人，一个是稻草人，一个是小女孩，还有一只是狮子。他们干不了什么活儿，你们还是将他们撕成碎片罢。"

"行啊！"狼首领说道，转身朝多萝茜所处的方向全速奔去，一大群狼紧紧地跟在了它的身后。

幸运的是，铁皮人和稻草人是清醒的，他们听见了恶狼们冲过来的声音。

"这次由我来对付它们，"铁皮人说，"你们都站在我的身后，等它们逼近后，我将跟它们战斗。"

他拿起那把已磨得十分锋利的斧子，待恶狼的首领奔到他面前时，铁皮人挥起胳膊，一下子就将它的头砍了下来，恶狼首领立刻就倒地死掉了。另一只狼奔上来，铁皮人手起斧落，它也倒在了铁皮人锐利的武器之下。总共有四十只恶狼，斧子挥动了四十次，每一次都有一只恶狼命丧斧下。所以到了最后，恶狼们死成了一堆，躺在了铁皮人面前。

于是，铁皮人放下斧子，坐在了稻草人身边。稻草人对他说："朋友，这是一场漂亮的战斗。"

他们守在多萝茜身边护卫着，直待到多萝茜第二天早晨醒过来。小女孩睁眼瞧见地上躺着一大堆长着粗毛的恶狼尸体，不禁

幸运的是，铁皮人和稻草人是清醒的，他们听见了恶狼们冲过来的声音。

“这次由我来对付它们，”铁皮人说，“你们都站在我的身后，等它们逼近后，我将跟它们战斗。”

感到十分惊恐。铁皮人将事情的经过原原本本地告诉了她，她感谢他救了大家的性命。于是，她坐下身来吃早餐，吃完以后，他们又踏上旅途了。

同天早晨，恶女巫来到城堡的门口，用她的那只独眼睛朝远处眺望着。她看见她的恶狼们全躺在地上死去了，而那些陌生者仍在她的国土上穿行着。这情形使她更加生气了，于是她就吹了两声银笛。

立刻就有一大群狂乌鸦朝她飞来，一时遮黑了天空。

恶女巫对乌鸦王说："你们火速飞到那群陌生人那儿去，啄出他们的眼睛，把他们全都扯成碎片罢。"

狂乌鸦们聚成一大群扑向多萝茜和她的同伴。当这小女孩看见它们飞过来时，显得十分惊慌，但稻草人却说道：

"这次由我来和它们斗，你们全都躺在我的身边，这样就不会受到伤害了。"

就这样，除了稻草人外，他们全都卧倒在地上。稻草人挺直身子，伸出双臂，乌鸦们看见他，都感到很害怕，因为鸟儿们是经常被稻草人吓惯了的，所以它们都不敢飞近前去。

但是，乌鸦王说道："那只不过是一个稻草人罢了，看我啄出他的眼睛来。"

乌鸦王飞着冲向稻草人，稻草人一把拧住它的脖子，一直到将它拧死。接着另一只乌鸦朝他扑来，稻草人也拧它的脖子。总共有四十只乌鸦，稻草人共拧了四十次脖子，直到乌鸦一只只死去，在他身边躺了一地。于是，稻草人叫起他的同伴，他们又踏上了旅途。

当恶女巫又一次眺望时，看见她的乌鸦死成了一堆，大为震怒，于是第三次吹响了她的银笛。

立刻就能听见空中响起一阵大大的嗡嗡声，一大群黑蜂飞了过来。

“飞到那些陌生人那里去，蜇死他们。”女巫下达了命令。

黑蜂群转过弯来急速地飞着，直飞到多萝茜和她的朋友们赶路的地方。但是铁皮人早就瞧见它们飞过来了，稻草人也想出了对付它们的法子。

他对铁皮人说：“将我身体里的稻草全掏出来，盖在小女孩和狗以及胆小狮的身上，这样黑蜂们就蜇不着他们了。”

铁皮人照他的吩咐做，多萝茜抱着托托紧挨在胆小狮身旁躺下去，稻草完全将他们的身子盖住了。

黑蜂们赶了过来，但除了铁皮人外，它们找不着下手的目标。于是，它们就围攻铁皮人，却白白地在铁皮上面蜇折了所有的毒刺，而铁皮人却一丁点儿都没有受伤。

黑蜂们的刺折了，也就不能再活下去了，这是黑蜂们的末日。它们的身体一小堆一小堆地散落在铁皮人的周围，看上去像上等的好煤。

这时多萝茜和胆小狮站起身来，女孩帮着铁皮人，再把稻草塞回到稻草人的身体里，使他完好如初。这样，他们又动身上路了。

恶女巫看见她的黑蜂的身体散落在地，像一小堆一小堆上等的好煤，显得异常的愤怒。她直气得不停地跺脚，扯头发，咬牙齿。于是她叫来了十二个奴隶，全都是温基人，给他们一个人发了一支长矛，命令他们冲到陌生人那里去杀死他们。

这些温基人天性怯弱，但又不能不服从女巫的命令。于是他们朝前走去，直到碰上了多萝茜和她的朋友们。这时胆小狮突然大吼了一声，朝他们直扑过去。可怜的温基人被吓破了胆，掉转头没命地逃了回去。

温基人逃回城堡后，恶女巫用皮带狠狠地抽打他们，命令他们仍旧去做苦工。这以后她坐下来仔细考虑下一步该怎么办。她怎么也想不明白她以前那些杀死陌生人的计划怎么会都一一失败的，但毕竟她是一个有法力的女巫，而且是一个恶女巫，不久，她就想好了下一步行动的计策。

在她的柜橱里，藏有一顶金冠，金冠上镶嵌着一圈钻石和红宝石。这顶金冠附有一种魔力，即无论谁戴上它，都可以召唤来一群飞猴，飞猴能服从任何命令。但这仅以三次为限，任何人都不能例外。这个恶女巫已经两次使用过这顶金冠的魔力了。第一次是她想使温基人变成她的奴隶，让她能够统治他们的国土，飞猴们曾经帮助她干过这个勾当；第二次是她与伟大的奥芝作战，并想将奥芝从西方赶走，飞猴们也曾经在这件事情上帮过她的忙。她只剩下最后一次机会了，就因为这个原因，在她的魔法用尽之前，她一直舍不得使用它。但现如今她那些凶猛的恶狼和狂乌鸦们，还有能蜇人的黑蜂们，都在战斗中死去了；她派出去的奴隶们又让胆小狮给吓了回来，她心里明白，她若想要杀死多萝茜和她的朋友们，求助于金冠的魔力是所剩下来的唯一办法。

于是，恶女巫便从柜橱里取出金冠，戴在头上。然后，她左脚独立地站着，慢慢地说：

“噫——泼，比——泼，卡——基!”

接着她右脚独立着说:

“唏——啰，啊——啰，哈——啰!”

最后，她两脚并立着，大声地喊道:

“西——楚，如——楚，西——克!”

果不其然，魔力发生作用了。只见天空黑了，低空中传来阵阵隆隆的声音，随后一大群飞猴从天而降，伴随着一阵极大的喋喋声和嬉戏声；一缕阳光射穿了黑暗的天空，照射出恶女巫正被一群猴子围绕着，每一只猴子的肩膀上都长有一双阔大有力的翅膀。

其中有一只飞猴，体形比其他的飞猴大得多，看来是猴群中的大王。它飞近恶女巫身边，说道:“你这是第三次召唤我们了，也是最后一次。你有什么命令?”

“飞到那些陌生人那儿去，他们全在我的国土上，除去狮子之外，将他们全都杀死，”恶女巫命令道，“将那只野兽带回我这里来，因为我有一个想法，要将它像马一样套上笼头，让它给我干活儿。”

“我们将按照你的命令行事。”猴大王保证道。于是伴随着一阵极大的嘈杂声，飞猴们朝多萝茜和她的朋友们赶路的地方飞去。

有好几只猴子捉住了铁皮人，带着他飞到一处布满尖硬岩石的旷野，将他从高空中抛了下去。可怜的铁皮人跌落在尖硬的岩石上，身体摔得鼓出一块，凹进一块的，既无法动弹，也无法呻吟。

另一些猴子捉住了稻草人，用它们的长爪掏干净了他身体内和脑袋中的稻草，还将他的草帽、鞋子和衣服，打成一个小包，将它抛在一棵大树的树冠上。

其余的猴子抛出许多条结实的绳子，将胆小狮缠住。它们用绳子将胆小狮的身子、头和四肢绕上许多圈，使它既无法抓咬，又无法动弹。然后，飞猴们抬起它，带着它飞到女巫的城堡里，将它关在一个四周围着高大铁栅的小天井里，使它没有办法逃走。

但奇怪的是，多萝茜本人一点儿也没有受到侵害。她当时手抱着托托呆站在那里，眼睁睁地看着同伴们一个个遭遇到不幸，并且想着这种不幸很快也就要降临到自己的头上了。

当时，飞猴大王已飞近了她的身边，朝她伸出了长而多毛的双臂，那张丑陋的猴脸正露出可怖的冷笑。正在这当口上，它一眼瞥见了好女巫在吻别多萝茜时留在她前额上的那个印记，就立刻停止了无礼举动，并警告其他的飞猴们不要去侵犯多萝茜。

“我们可不敢伤害这个小女孩，”它对其同伙说，“因为她是受好女巫魔力保护的，好女巫的魔力比恶女巫的魔力要大上许多。因此我们所能够做的，只是将她带到恶女巫的城堡里去，将她留在那里。”

于是，飞猴们小心翼翼地将多萝茜抬在肩上，并且轻快地带着她穿过天空，一直飞到城堡，将她放在大门前的台阶下。然后，飞猴大王对恶女巫说道：

“我们已尽最大的努力执行了你的命令。铁皮人和稻草人已被我们杀死了，胆小狮也被我们缚住关在你的院子里了。只是这个小女孩，我们不敢伤害她，也不敢伤害她怀中的那只小狗。你控制我们的魔法对我们已经失去效用了，你将再也见不到我们了。”

于是所有的飞猴们，互相打闹嬉戏着，飞上天空，不一会儿就踪影全无了。

恶女巫猛然间瞧见多萝茜前额上的那个印记时，心中既惊且怕，她心里明白，不仅是飞猴们不敢伤害多萝茜，就是她本人无论如何也不敢伤害这个小女孩。她又低头看多萝茜的脚，看见了那双银鞋子，不禁害怕得全身发抖，因为她知道这双银鞋具有强大、神奇的魔力。

起初，出于本能，恶女巫想尽快逃离多萝茜身边，但她偶然地与多萝茜四目相对，看出她的眼神是天真无邪的，由此推断出这个小女孩完全不知道这双银鞋的强大魔力。恶女巫自己也不由得觉得好笑，心中暗想道：“既然她不知道如何施展自己拥有的魔力，我仍旧能够使她做我的奴隶。”于是，她厉声对多萝茜吼道：

“跟我走！我吩咐你做什么事情，你就必须照着去做。如果你不听话，我就杀死你，像我曾经对铁皮人和稻草人所做的那样。”

多萝茜跟着恶女巫走，她们穿过了城堡中的许多华丽的房间，一直来到城堡的厨房里。恶女巫命令她擦洗锅子和水壶，打扫地面卫生，并不停地往炉灶里添加木柴。

多萝茜顺从地干着这些活儿，并决心不怕辛苦地将这些活儿干好，因为只要恶女巫不杀死她，她心里就觉得十分高兴了。

见多萝茜一声不吭地努力干活，恶女巫心想，现在她可以到院子里去，像对待一匹马那样给胆小狮戴上笼头了。她认定，让胆小狮拉上她的御车，带她到任何她想去的地方，一定是一件十分快意的事情。但是当她兴冲冲地打开栅门时，胆小狮却对她怒吼一声，纵身凶猛地朝她扑过来，恶女巫感到害怕了。她急忙跳了出去，关上了栅门。

“即使我不能驾驭你，”恶女巫隔着栅门的铁栏杆对胆小狮说，“我却可以让你挨饿。你一天不满足我的愿望，我就一天不给你东西吃。”

从此之后，她不再拿食物给被囚禁的胆小狮吃，只是每天中午，她必跑到栅栏门前问胆小狮：

“你已准备好像马一样去拉车吗？”

胆小狮总是回答道：“想都别想，如果你进来，我就一口咬死你。”

胆小狮之所以没有答应恶女巫的要求，在很大程度上是由于多萝茜的缘故。原来每当夜里，待恶女巫睡熟后，多萝茜便从碗橱里为它拿来食物。胆小狮吃过之后，就躺倒在稻草堆上休息。这时多萝茜就会躺在它的身旁，将头枕在它那柔软蓬松的长鬣毛上，谈论他们所处的困境，商量逃出去的方法。但是他们一直想不出逃出城堡的具体方法，因为那些黄色的温基人寸步不离地看守着他们。这些温基人是恶女巫的奴隶，心中十分惧怕她，丝毫不敢违抗她的命令。

小女孩在白天不得不努力干活儿，因为那恶女巫手里拿着一把旧雨伞，常常威胁着要打她。但实际上，由于多萝茜前额上的那个印记，恶女巫是不敢打她的。不过小女孩并不知道这个秘密，因此常常为她自己和托托担惊受怕。

有一次，女巫用手上的雨伞揍了托托一下，这只勇敢的小狗扑上去在女巫的腿上咬了一口。女巫被咬处的伤口并不流血，原来女巫的本性是如此邪恶，以至于多年前她全身的血就已经干涸了。

多萝茜的日常生活变得愈来愈悲惨，她逐渐明白，再这样下去，她是无法再回到堪萨斯，再见到埃姆婶婶了。有时候，她会凄苦地哭上几个钟头，这时托托就会蹲在她的面前，仰头看着她的脸，口中不断地发出悲鸣声，表示着它对小主人命运的担忧。就托托本身而言，是在堪萨斯还是在奥芝这块地方它都不在乎，只要能和多萝茜待在一处它就心满意足了。但是，它现在知道小女孩不快活，因此它也无法快活起来。

此时，那恶女巫又动了一个极大的心思，想将那个小女孩天天穿在脚上的那双银鞋子据为己有。她的黑蜂、狂鸦和恶狼都已死成一堆堆灰了，金冠的魔力也已经用尽了，但是，假如她能够将这双银鞋子弄到手，它的魔力将超过她失去宝贝的魔力的总和。于是，她细心地观察着多萝茜的一举一动，看她是否会脱掉鞋子，使自己有下手的机会。但没想到的是多萝茜非常珍惜这双漂亮的鞋子，除非夜里上床睡觉，或是洗澡时，平常绝不将它们脱下来。恶女巫十分惧怕黑暗，不敢在夜里去多萝茜的房间里偷走她的银鞋子；恶女巫怕水更甚于怕黑暗，所以当多萝茜洗澡时，她根本不敢走近前去。说真的，这个老女巫从来没有沾过水，也从来不让水沾碰到她。

但是，这个邪恶的女巫是十分狡猾的，最后她想出了一个诡计，使她可以得到她日思夜想的东西。她在厨房地板的中央偷偷地放上一根铁条，并略施魔法，使人根本瞧不见它。当多萝茜走过这地板时，因为看不见它，就被铁条绊得直挺挺地跌倒在地板上。多萝茜伤得倒不重，但是当她跌倒时，一只银鞋子脱落了，在她想拾起穿上之前，却被恶女巫一把抢了去，套在她那瘦小的脚上。

恶女巫因为诡计得逞，心情变得大大地快活起来，她穿上了一只银鞋，就意味着她拥有了银鞋的一半魔力，多萝茜也就不能用这魔力来对付她了。至于多萝茜并不知晓银鞋的魔力，那是另外的一个问题。

小女孩眼睁睁地见到自己失去了一只漂亮的鞋子，感到气恼不已，她厉声喝道：

“将鞋子还给我！”

“我偏不，”女巫反驳道，“现在这只鞋子是我的了，它不再属于你了。”

“你是一个坏蛋！”多萝茜叫喊道，“你没有权利抢走我的鞋子。”

“不管怎么说，它已经归我了，”女巫大笑着，对多萝茜说道，“总有一天，我还要将另外那只银鞋从你那儿夺过来。”

这话使得多萝茜更加生气，她顺手拿起放在身旁的一桶水，猛地朝恶女巫身上泼去，将她从头至脚浇了个透心凉。

恶女巫立刻发出了一声惊恐的尖叫声，身体蜷缩着倒在了地上，多萝茜惊奇地看着眼前发生的这一切。

“瞧你干的好事！”女巫尖声地叫道，“在一分钟内，我的身体将被溶化了！”

“我真的感到十分抱歉。”多萝茜对恶女巫说，因为当她亲眼看着恶女巫的身体像棕色的糖块在她眼前缓慢消溶时，她也感到十分震惊。

“你知不知道，水是可以要我的命的？”女巫在极度的绝望中哀声问道。

“当然不知道，”多萝茜答道，“我怎么可能知道呢？”

“算了，在几分钟内我的身体将完全溶化掉，这座城堡属于你了。我以前是无恶不作，但我却从来不曾想过像你这样不起眼的小女孩能亲手溶化我，从而结束我的恶行。看着——我去也。”

说完这几句话，恶女巫瘫倒在地，变成了一摊滞留在厨房洁净地板上的棕色污水。眼见恶女巫已变成一摊无用之物，多萝茜又提来一桶水将其稀释，并将污水扫到厨房门外。老女巫留下的就只有那一只银鞋了，多萝茜将它拾起来，用一块布将它揩干擦净，重新穿在自己的脚上。然后，怀着一种重获自由、可以做自己喜欢做的任何事的欣喜心情，她跑到院子里去告诉胆小狮，西方恶女巫已命归黄泉了，他们不再是这块陌生土地上的囚犯了。

13　救命行动

胆小狮听到恶女巫被一桶水给溶化得无影无踪了，心中感到无比高兴。

多萝茜急忙给它打开了囚笼的门，胆小狮重获了自由。他们一同走进城堡，在那里，多萝茜采取的第一个行动，是将全体温基人集合在一起，向他们宣布，他们不再是奴隶了。

听到这个消息，这些黄色的温基人不禁高兴得欢呼雀跃，因为他们为恶女巫当牛做马已经许多年了，她常常用极残忍的手段来虐待他们。于是他们将这一天当作一个特殊的节日，以后永远地在每年的这一天举行宴会和舞会，作为纪念。

胆小狮却不无遗憾地说道："假如我们的朋友，稻草人和铁皮人，此时能和我们在一起，那么我将多么快活呀。"

女孩焦急地问："你认为我们能够救活他们吗？"

"我们可以试一下。"胆小狮回答道。

于是，他们便把那些黄色的温基人叫到跟前，询问他们是否愿意帮助救活他们的朋友。那些温基人回答说，因为多萝茜将他们从奴役中解救了出来，他们非常乐意尽他们的最大力量来帮助她。于是多萝茜挑选了一些看上去非常精明的温基人，一起上路了。他们整整走了一天半的路程，才来到那处布满尖硬岩石的旷野，看见铁皮人一动不动地躺在那儿，浑身被摔得凹凹凸凸、歪歪曲曲的。那把斧子横在他的身边，斧口全生锈了，斧柄也摔断了一截。

那些温基人小心翼翼地用双臂托着铁皮人的身子，准备将他抬回到黄色的城堡中去。多萝茜看到她的老朋友摔得如此的惨不忍睹，禁不住流下了热泪；胆小狮虽然稍为理智一些，但神情也颇为感伤。

他们到达城堡后，多萝茜问温基人："在你们老百姓中间，有铁皮匠吗？"

他们回答她："唔，有的，我们中间有的人是手艺不错的铁皮匠。"

"那把他们领到我这儿来吧。"多萝茜说。

当铁皮匠们来到多萝茜身旁时，还用篮子带来了全套的工具。

她询问道："你们能否将铁皮人身上凹下去的地方敲平，恢复他原来的外形，并将他身体断裂的部分重新焊接在一起？"

这些铁皮匠围着已不成形的铁皮人小心细致地观察了一番，然后回答多萝茜说，在他们看来，铁皮人是能够被修复得完好如初的。这样，他们在这城堡中的一间阔大的黄屋子里，开始了修理铁皮人的工作。他们连续工作了三天四夜，在铁皮人的大腿上、身子上和头上，敲打着、扳动着、压平着、焊接着、揩擦着，直到他身体恢复到原先的老样子，关节也同原先一样活动自如。美中不足的是，铁皮人身上多了几个补丁，但总体而言，铁皮匠们出色地完成了自己的任务。再说，铁皮人本质上并不是一个爱慕虚荣的人，他才不会在乎身上的这些补丁呢。

修理工作完成后，铁皮人来到多萝茜的房间，感谢她救活了他。他激动万分，禁不住流下了喜悦的泪水。多萝茜忙不迭地用围裙小心地揩去他脸上的泪水，这样他的关节才没有生锈。同时，她也因为与老朋友重逢，流下了许多快乐的眼泪，当然，这些眼泪是不用匆忙拭去的。

至于胆小狮，它待在一旁不停地用尾巴末梢去揩拭它的那双眼睛，使那簇毛也变得湿漉漉的了。它不得不跑到外面院子里去，用爪子举起尾巴，让太阳将它晒干。

待多萝茜对他讲述了他们遭遇到的每一件事情后，铁皮人就说：“假如稻草人现在与我们在一起，我一定会更加高兴。”

小女孩说：“我们一定要去寻找他。”

于是，多萝茜再一次请求温基人来帮助她。他们走了一天半的路，才来到了飞猴们把稻草人的衣服抛在树冠上的那个地方。

那是一棵极高的大树，树干十分光滑，因此没有一个人爬得上去。但铁皮人马上说道：“我可以将它砍倒，这样我们就可以拿到稻草人的衣服了。”

当时，当那些铁皮匠修理铁皮人的时候，另外一些温基人——他们是金匠——做成了一把纯金的斧柄，将它安在铁皮人的斧子上，取代了那把断掉的斧柄。另有一些人揩去了斧口上的铁锈，使它闪亮得像磨光了的银器。

铁皮人说了上述这番话后，立即挥斧砍树，用不了一会儿工夫，只听“砰”的一声响，那棵大树便倒地了。稻草人的衣服，也从树枝上掉了下来，飘落到地面上。

多萝茜将衣服拾了起来，交给温基人带回到城堡里，就在那儿填塞进新鲜、干净的稻草。瞧！稻草人又复活了，和以前没什么不同，他正在不断地感谢他们的救命之恩呢。

现在，多萝茜和她的朋友们又团聚在一起了。他们在那黄色的城堡里，过了几天快乐的生活。真的，他们在城堡里找得到使他们过得舒服的每一样东西。

但是有一天，小女孩忽然想起她的埃姆婶婶来了，于是她说道：

“我们必须再去找奥芝，并且要求他实现他的诺言。”

铁皮人说：“是呀，我将终于得到我的心。”

稻草人快活地接着说：“我将得到我的脑子。”

胆小狮深思着说：“我将得到我的胆量。”

“我将回到堪萨斯去，”多萝茜叫了起来，并且拍着她的双手，“啊，让我们明天就动身到翡翠城去！”

事情就这样决定了。第二天他们就把温基人叫到一处，向他们告别。

对他们的离去，温基人都感到很伤心，特别是他们非常喜爱铁皮人，他们恳请他能留下来管理他们及这片西方的黄色土地。但看出他们执意要走后，这些温基人就送给托托和胆小狮金项圈各一副；送给多萝茜一副镶有钻石的漂亮手镯；送给稻草人一把金手杖，使他可以不跌跤；送给铁皮人的是一把镶有金子和珍贵宝石的油壶。

每一位即将离开城堡的旅行者都用美妙的言辞对这些温基人表达了由衷的谢意，并且一一与他们握手道别，直握得他们的手臂都酸痛了。

多萝茜又来到恶女巫的碗橱旁，将她的篮子里放满了各种食物，以备在旅途中食用。她在碗柜中发现了那顶金冠，就试着戴在自己的头上，大小恰好合适。她并不知道这是一顶有魔力的金冠，只是觉得它十分漂亮，就决心戴着它，而将她那顶无边的遮阳帽放进了篮子里。

待一切准备就绪后，他们就向翡翠城进发了。温基人朝他们发出三声欢呼，希望他们能一路顺风，实现各自的愿望。

14　飞猴救援

读者们还记得吧，在恶女巫的城堡和翡翠城之间，是完全没有路的——甚至连一条小径也没有——当这四个旅行者去寻找恶女巫时，倒是那恶女巫先瞧见了他们，因此差遣了飞猴，将他们抓进了城堡里。

他们这次要穿越这片广阔的长着毛茛类植物和黄色雏菊的田野，找寻他们的归路，比起上次被驮载而来，显然是要困难得多了。当然，他们心里都明白，他们必须迎着初升的太阳，朝正东方向走，他们也是如此前行的。但是在正午，当太阳高悬在他们的头顶上时，他们也就分不清东、西方向了，而这也正是他们迷失在这片广阔的田野里的原因。然而，他们盲目地坚持前行着，直走到晚上，月亮升了起来，月光普照大地。于是，除了稻草人和铁皮人外，他们全都躺在散发出甜美香味的绿花丛中，一觉酣睡到天亮。

第二天，太阳躲在了云层后面，但他们仍然赶着路，仿佛他们知道自己前行的方向似的。

多萝茜说："假如我们走得足够远的话，我相信我们总有一天将到达某个地方。"

但是日子一天一天地过去了，在他们的前方除了一片紫红色的田野外，别无他物。

稻草人此时有些怨言了，他说："我们一定是走错了方向。除非我们找对方向，到达翡翠城，否则，我将无法得到我的脑子了。"

"我也得不到我的心了，"铁皮人接着说，"看来，我是再也见不到奥芝了。你必须承认，这是一段极长的旅程。"

"你知道，"胆小狮用一种近乎要哭出来的声音说道，"如果到不了那儿去，我也就没有勇气坚持长途跋涉了。"

听到他们这么说，多萝茜也有点垂头丧气了。她坐在绿茵茵的草地上，两眼发呆地望着她的同伴们。她的同伴们也一起坐了下去，呆呆地瞧着她。托托在它的一生中，也第一次觉得太累了，它没有去追逐从它头顶上飞过的一只蝴蝶，而是吐出舌头，喘着气，看着多萝茜，好像在询问她，以后他们该怎么办呢？

"假如我们将那些田鼠召来，"多萝茜提议道，"或许它们能够给我们指明到翡翠城的路。"

"它们一定能够的，"稻草人兴奋地大叫道，"我们以前为什么没有想到这一点呢？"

田鼠皇后曾经送给多萝茜一只小口哨，多萝茜将它挂在了脖子上。现在，多萝茜吹响了它，几分钟内，他们听到了无数细小爪子蹬地的声音，许多灰色的小田鼠都跑到多萝茜身边来了，其中就有田鼠皇后。它用尖细的嗓音问道：

“朋友们，我能帮你们做些什么呢？”

多萝茜说：“我们迷路了，你能否告诉我们，翡翠城在哪个方向？”

田鼠皇后回答道：“没问题。但是，翡翠城离这儿极其遥远，因为你们正好走错了方向。”这时，它忽然注意到多萝茜头上戴着的金冠，于是又说道：“你为什么不用这顶金冠的魔力，将飞猴唤来帮助你们？它们用不上一个钟头，就能将你们驮载到奥芝的城里去。”

多萝茜吃惊地说：“我不知道金冠还有如此的魔力，那我应该如何做呢？”

“做法都写在金冠的里面了，”田鼠皇后回答道，“假如你们要唤那些飞猴来，我们只有躲开了，因为它们都是一些极爱闹恶作剧的家伙，喜欢拿我们来寻开心。”

“它们会不会伤害我呢？”女孩不安地问道。

“啊，不会的，它们必须服从戴着这顶金冠的人，再会！”田鼠皇后转眼就不见了踪影，所有的田鼠也都急匆匆地跟在它的后面跑了。

多萝茜看见金冠的衬里上，写着一些词语。她想这一定是咒语了。她细心地记下咒语的用法，再将金冠戴在头上。

“噫——泼，比——泼，卡——基！”

在口中念念有词的同时，多萝茜将左脚独立着。

稻草人不知道她在干什么，问道：“你在说什么？”

“唏——罗，啊——罗，哈——罗！”

多萝茜继续说下去，这一次，她的右脚是独立着的。

“哈罗！”铁皮人一本正经地回答道。

只见多萝茜将两脚并立，说道：

“西——楚，如——楚，西——克！”

多萝茜说完了咒语，这时只听见天空中传来一阵嘈杂声和扇动翅膀的声音，原来是一大群飞猴朝他们飞过来了。

猴大王朝多萝茜深深地鞠躬，问道：“你有什么命令？”

“我们要赶到翡翠城去，”女孩说，“但我们走错了方向。”

“我们将驮你们去。”猴大王回答。

猴大王话音刚落，就有两只猴子用双臂托起多萝茜，带着她飞走了。其他的猴子也架着稻草人、铁皮人和胆小狮飞上了天空，一只小猴子抓住托托跟在他们后边，而这只小狗还竭力挣扎着想咬它呢。

稻草人和铁皮人起初都感到很害怕，因为他们还记得这些飞猴以前曾残忍地伤害过他们。但他们后来看出来这一次飞猴们并无恶意，所以就欣赏起身下美丽的田园和树林，尽情地享受着在空中飞行的乐趣。

托着多萝茜飞行的是两只体形最大的猴子，其中一个就是猴大王。它们用四只手臂围成椅子状，多萝茜坐在上面十分舒适，而它们也一直小心翼翼地唯恐伤着了她。

多萝茜问道：“你们为什么要服从金冠的魔力呢？”

“这话说起来就长了，”猴大王大笑着回答，“我们还要飞一段长长的路程，如果你想听，我就告诉你，只当是打发时间了。”

“我非常想听。”多萝茜回答说。

猴王开始说：“从前，我们是一群无拘无束的猴子，快乐地在大森林中生活，从这棵树飞到另一棵树上，采摘坚果和水果做美食。我们没有主人，可以随心所欲地做我们喜欢做的任何事情。当然，我们中的一些弟兄有时实在是太淘气了，它们时常飞到地面扯那些没有翅膀的动物的尾巴，追逐一些鸟儿，还用硬果掷打那些穿越森林的人们。但我们的生活是无忧无虑的，幸福的，充满乐趣的，每一分钟都是一种享受。在奥芝从天上下来管理这个地方之前，我们已经像这样生活了许多年了。

“那时，在北方，有一个漂亮的公主，她同时也是一个有本领的女巫师。她用自己拥有的全部魔法来帮助百姓，从不伤害任何好人。她名叫盖伊达，住在一座用大块红宝石筑成的漂亮宫殿里。每个人都喜爱她，但她最大的不幸在于她的爱情得不到回报，因为相对于她的美貌和智慧而言，世上的全部男人都显得太愚笨、太丑陋，配不上她。但最后，她终于找到了一个男孩，长得既英俊，性格又勇敢，而且聪明的程度超过了他的年龄。盖伊达决心等他长大成人后，让他做自己的丈夫。于是，她将他带进红宝石宫殿中，用尽她的一切魔法，使他能够变得像所有的女人所喜爱的那么强壮、善良、可爱。当他成长为男子汉时，据说奎拉拉——这是他的名字——是这块土地上最善良和最聪明的男人。他的男子汉气概是如此使盖伊达迷恋，以至她急匆匆地安排一切事情，准备着举行婚礼。

“那个时候，我的祖父是飞猴族的大王，就住在离盖伊达宫殿不远处的树林里。这个老大王喜欢开玩笑胜过吃美餐。就在婚礼即将举行的前一天，我的祖父带着一帮随从飞出了树林，正好瞧见奎拉拉在河边散步。他穿着一件用淡红色的丝绸和紫色的天鹅绒做成的华丽服装。我的祖父想要见识一下他的本事，指挥它的随从飞下去，抓住奎拉拉，架起他的胳膊，直飞到河水的上空，将他抛进了河水里。

“‘我亲爱的朋友，快游上岸吧，’我的祖父叫喊道，‘注意了，河水已将你的衣服弄脏了。’奎拉拉是何等聪明的一个男人，游泳对他来说不在话下，而且他也具有临危不惧的气质。因此，当他浮出水面时，是面带笑容的，而且三下两下就游到了河岸边。而当盖伊达惊慌地跑出宫殿来到他身边时，她发现那件丝绸和天鹅绒做的漂亮衣服已完全让河水泡脏了。

“公主变得怒不可遏，而且她心里清楚这是谁干的好事。她将全体飞猴召到她的面前，起初下达命令，要将它们的翅膀全都捆绑住，并且要像它们对待奎拉拉那样，将它们全都抛进河中，以示惩罚。我的祖父竭力为飞猴们求情，因为它明白，飞猴们如果被绑住翅膀扔进河里，那就只有死路一条了。奎拉拉也在一旁为飞猴们说好话。因此，盖伊达最后宽恕了它们，但有一个条件，那就是飞猴们必须应戴金冠主人的要求，服役三次。这顶金冠是作为结婚礼物而制赠给奎拉拉的，据说耗费了公主王国一半的财富。当然，我的祖父和飞猴们当初同意了这个条件。这就是为什么无论戴金冠的人是谁，只要他呼唤，我们就为他服役三次的缘故。”

多萝茜对这个故事表现出了极大的兴趣，“那么，他们后来怎么样了呢？”她有点迫不及待地问道。

“奎拉拉是这顶金冠的第一位主人，”猴大王回答道，“他利用它使我们满足了他的愿望。因为他的新娘不愿意再看见我们，结婚后他将我们全都召集到树林中，命令我们就待在那儿，使她再也见不到一只飞猴。这其实也正是我们都乐意去干的事，因为说实在的，我们都有一些怕她。

“在这顶金冠落在西方恶女巫手中之前，这是我们唯一需要注意的事情。后来，恶女巫利用我们来奴役温基人，并将奥芝赶出了西方的国土。现在这顶金冠是属于你的了，因此你有权力使我们满足你的三个愿望。”

飞猴大王讲完了它的故事，这时多萝茜从高空中望下去，瞧见了前方翡翠城那闪闪发光的绿色城墙。她心中对飞猴们的飞行速度暗暗称奇，并且也对旅程的结束感到由衷的高兴。这些奇异的动物将旅行者小心地放在城门的前边，飞猴大王朝着多萝茜深深地鞠了一躬，然后轻捷地飞走了，它的部下也紧随在了它的身后。

“这是一次快乐的旅行。”小女孩满意地说道。

胆小狮回答说：“是呀，而且是解救我们困境的唯一捷径。你戴上了这顶金冠，这对我们说来是何等的幸运啊！”

15 奥芝的真相大白

四个旅行者走到翡翠城的大门前，按响了门铃。铃声响过几下之后，他们以前曾经遇见过的那个城门卫士打开了城门。

他吃惊地问："你们怎么又回来了？"

稻草人回答说："你不是亲眼看见我们站在这儿吗？"

"可是我想你们已经去西方会见那恶女巫去了。"

稻草人答道："是的，我们已经会见过她了。"

城门卫士诧异地问道："是她让你们回来的吗？"

"她无法阻止我们回来，因为她已经被溶化了。"稻草人解释道。

城门卫士说道："溶化了！啊，这可真是一条好消息。是谁溶化的她？"

"是多萝茜。"胆小狮敬佩地答道。

"天哪！"城门卫士惊呼道，面对多萝茜深深地鞠了一躬。

他将他们让进那间小房间，随后像他以前做过的那样，从那只大箱子中拿出眼镜，戴在他们的眼睛上，并且锁牢了。然后，他们穿过城门，走进了翡翠城。城里的一些百姓从城门卫士那里得到消息，说是他们溶化了西方恶女巫，就赶过来围观他们，并且成群结队地跟在他们身后，来到奥芝的王宫前。

那个长着绿色胡须的士兵，仍旧守卫在王宫门前，但是他立刻将他们领进了王宫。在那里他们又遇见了那位漂亮的绿衣姑娘，她马上将他们引导至各自居住过的房间，使他们得到很好的休息，直到伟大的奥芝准备好接见他们。

那个士兵立即向奥芝报告，说是多萝茜和其他的旅行者们在杀死了西方恶女巫后，已经返回了翡翠城，但奥芝却一言不发，没有任何表示。

多萝茜及其他人都在想，那伟大的奥芝会立刻接见他们吧，但奥芝那里却没有任何动静。第二天，他们没有得到任何回话，第三天、第四天仍然如此。无休止的等待是令人疲倦和烦心的，最后，他们感到十分愤怒，认为奥芝将他们送出去饱受折磨和奴役后，还如此怠慢他们，是十分不合礼仪的。最终，稻草人请绿衣姑娘给奥芝带一个口信，说如果他不让他们立刻去会见他，他们将要呼唤飞猴来帮助他们，以便确定他是否会遵守自己许下的诺言。这个大巫师听到此口信，害怕了，派人传话给他们，约定在第二天早晨九点零四分在王宫接见他们。原来奥芝曾经在西方的国土上与飞猴们打过一次交道，他可不想再见到它们了。

四个旅行者熬过了近乎无眠的一夜，每个人都在心里默想着奥芝即将送给他们的礼物。多萝茜只打了一个盹儿，此时她梦见她已回到了堪萨斯，埃姆婶婶正在告诉她，见到她的小侄女又回到了家中，她感到非常高兴。

第二天早晨九点钟整，那个长着绿色胡须的士兵准时来到他们的住处，四分钟后，他将他们引进了伟大的奥芝的王宫。

当然，他们每一个都期待巫师是他们以前见到的那个模样，但当他们瞧见王宫里空无一人时，都感到非常吃惊。他们互相紧挨着挤在门口不敢进去，因为相对于他们以前看到的奥芝的各种怪异模样，空无一人的王宫显得更加恐怖可怕。

不久，他们听到一个声音，似乎是从靠近那巨大拱形房顶的某个地方发出来的，这个声音庄严地说道：

“我是伟大的可怕的奥芝。你们为什么要来见我?”

他们又仔细瞧瞧王宫的每一个角落，还是看不见任何人。多萝茜问道：

“你在什么地方?”

“我无处不在，”那个声音回答道，“但普通人是瞧不见我的。我现在要坐回我的宝座上，这样你们就能够和我交谈了。”真的，这声音现在似乎是从宝座那儿发出来的，于是他们前行几步，在宝座前站成一行。这时多萝茜说道：

“啊，奥芝，我们这次来见你，是要请求你兑现自己的诺言。”

“什么诺言?”奥芝问道。

“你许诺过我，当那恶女巫被杀死后，送我回到堪萨斯去。”女孩子说。

“你许诺过给我脑子。”稻草人说。

“你许诺过给我一颗心。”铁皮人说。

“你许诺过给我胆量。”胆小狮说。

“那个恶女巫真的被杀死了吗?”那个声音问道，多萝茜觉得那声音中有一丝颤抖。

她回答说：“千真万确，我用一木桶水浇溶了她。”

“啊哟!”那声音说，“这事情发生得太突然了。好吧，你们明天再到我这儿来吧，因为我必须花点时间来考虑这件事情。”

铁皮人气愤地喊道：“我们已经给你足够的时间了。”

稻草人说：“我们一天也不愿意再等了。”

多萝茜也高声叫道：“你必须实现你对我们许下的诺言!”

胆小狮在一旁想道，最好的办法或许是吓唬这个大巫师一下，于是它发出了一声怒吼，这吼声是如此的震耳和可怕，托托吓得一下子从胆小狮的身边跑开，身子撞在了安放在王宫角落的屏风上。屏风“啪”的一声倒下了，而他们也全都惊呆了。因为他们看见原先被屏风所遮挡的地方，站着一个秃着头、满脸皱纹、个子矮小的丑老头，他也像他们一样，满脸都是吃惊的表情。

铁皮人高举起斧子，朝这个矮小的老头冲过去，并且高声喝道：“你是谁?”

“我就是伟大的可怕的奥芝，”那矮老头用颤抖的声音说道，“但是，请——请不要杀我，我将做你们要求我做的任何事情。”

他们怀着吃惊且沮丧的心情呆望着他。

多萝茜说：“我原以为奥芝是一颗大头呢。”

稻草人说：“我原以为奥芝是一位可爱的贵妇人呢。”

屏风“啪”的一声倒下了，而他们也全都惊呆了。因为他们看见原先被屏风所遮挡的地方，站着一个秃着头、满脸皱纹、个子矮小的丑老头，他也像他们一样，满脸都是吃惊的表情。

铁皮人说："我原以为奥芝是一头可怕的怪兽呢。"

胆小狮嚷道："我原以为奥芝是一团火球呢。"

"事实不是这样的，你们全都错了，"这个矮小老头怯怯地说道，"那些都是我伪装出来的。"

"伪装出来的！"多萝茜惊呼道，"这么说，你不是一个大巫师？"

"嘘，亲爱的，"他说道，"说话轻声一点儿，要不然别人会偷听到的。要是那样的话，我就完了。我是装扮成一个大巫师的。"

"你确实不是的吗？"多萝茜追问道。

"亲爱的，确实不是的。我只不过是一个普通的人罢了。"

"你并不是一个简单的普通人，"稻草人用一种忧郁的声调说，"而是一个大骗子。"

"你说的一点没错，"矮老头一边说，一边搓着双手，好像听到这话挺高兴似的，"我就是一个大骗子。"

铁皮人说："但这事太可怕了，我将如何得到我的心呢？"

"还有我的胆量？"胆小狮接着问道。

"还有我的脑子？"稻草人问着问着哭了，不停地用袖子揩拭眼中的泪水。

"我的亲爱的朋友们，"奥芝对他们说，"我请求你们不要在我面前再谈论这些细小的琐事了。请你们替我考虑一下，如果我的真相被百姓们知道了，那将是一件多么可怕的事情啊！"

"没有别的人知道你是一个骗子吗？"多萝茜问他道。

"除了你们四个之外——当然还有我本人——没有任何人知

道，”奥芝回答道，“我欺骗世人已经很久了，所以我想我不会被任何人发现的。让你们进入王宫，是我今生犯的最大的一个错误。一般来说，我是不接见我的任何臣民的，所以他们认为我是一个可怕的人。”

“但我还是不大明白，”多萝茜疑惑地问道，“你是怎样在我的面前变成一颗大头的？”

“那是我变的一种魔术，”奥芝回答说，“请跟我到这边来，我将把一切告诉你们。”

他在前面引路，他们都跟在他的身后，来到王宫后边的一间小卧室里。他用手指向一个角落，那里放着那颗大头，是用许多张硬纸片做成的，并很仔细地用笔墨勾勒出了一张脸的轮廓。

“我用一根线，将这颗头从天花板上吊下来，”奥芝解释道，“然后我躲在屏风后面，扯动一根细线，这样它的双眼就能够转动，嘴巴也能够张开了。”

“但那声音又是怎么回事呢？”她继续问道。

“哦，我擅长口技表演，”矮老头自夸道，“我能使我的声音听上去就像是我指望的任何物品发出来的，这就是你认为那颗头能发出声音的原因。这里的几件物品是我用来欺骗你的。”他指给稻草人看他当时所穿的衣服和戴的面具，这些使他看上去像一个可爱的贵妇人。铁皮人所看见的怪兽，只不过是一堆缝缀在一起的毛皮，并用板条使它们撑展开来。至于那团火球，也是从天花板上吊下来的伪装物。那其实不过是一大团棉花球，在它上面浇些油后，它自然会猛烈地燃烧。

稻草人说道：“说真的，原来你是这样的一个骗子，你应当感到羞愧。”

“我……我当然感到羞愧，”矮老头抱歉地说道，“但这是我唯一能够做的事情。这里有许多椅子，请都坐下吧，我给你们说说我的故事。”

于是，他们都坐下来，听他讲了下面的故事。

“我出生在奥马哈——”

“是吗，那里离堪萨斯不是很远呀！”多萝茜叫了起来。

“是不远，但离这儿就很远了，”他说道，同时伤感地摇了摇头，“长大后我成了一个口技表演者。我的师傅是个大师级的人物，我在他那里得到了极好的专业训练。我能够模仿各种飞禽走兽的叫声。”于是他像一只小猫似的叫着，逗得托托竖起了耳朵，四处张望着寻找小猫的身影。“过了一段时间，”奥芝继续说道，“我厌烦了口技表演，改行做氢气球驾驶员了。”

多萝茜问：“氢气球驾驶员是干什么的？”

“在演马戏的日子里，氢气球驾驶员乘氢气球升到天空，吸引一大群的看客，使他们来购买门票看马戏。”他解释道。

她说：“哦，我明白了。”

“唉，有一天我乘氢气球飞上天空时，绳子缠在了一起，这样我就下不来了。氢气球飘浮在白云上面，一股强烈的气流推动着它，飘出了好几英里。我在空中飘浮了一天一夜，第二天早晨醒来时，我发现氢气球已飘浮在一个奇异而美丽的国土的上空。

“这时，氢气球缓慢地降落到地面上，我觉得自己一点儿也没有受伤。我发现自己被一群奇异的人包围着，他们看见我从云端里飘下来，都以为我是一个伟大的巫师。当然，我也乐得让他们这么想，因为这么一来他们人人能敬畏我，我要他们做什么事情，他们就争先恐后地去做什么事情。

“为了使自己开心，同时也为了使这些善良的人们有活干，我命令他们筑起了这座城，并修建了我的这座王宫。这些都是他们心甘情愿地做的，而且做得不错。于是我就想，这个国家的国土是如此的碧绿美丽，我就给它起了个翡翠城的名字。为了使它更加名副其实，我命令所有的百姓都必须戴上绿眼镜，这样他们看到的每一样东西都是绿色的了。”

多萝茜问：“但是，难道这里的每一件东西不都是绿色的吗？”

“和其他的城市一样，并不是每一件东西都是绿色的，”奥芝回答道，“但是，当你们戴上绿眼镜后，你们看任何东西当然都是绿色的了。当我乘氢气球来到这儿时，我还是一个年轻小伙子，现在我已是一个很大岁数的老头，因此，翡翠城建成已经很有些年头了。另外，我的百姓们在戴了多年的绿眼镜后，他们中的大多数人都想当然地认为这是一座翡翠城。当然，这儿确实也是一块好地方，遍地都是宝石和贵重金属，并且拥有能使人过上幸福生活的各种有用物品。我对老百姓很友善，他们也都喜欢我，但自从王宫建成后，我就把自己关在王宫里，他们谁也无法见到我了。

“那些女巫是我心头最大的恐惧，因为我是完全没有魔力的，而不久之后我就发现那些女巫们拥有做出奇异事情的本领。在这个国度里住着四个女巫，她们分别管理着北方、南方、东方和西方的百姓。幸运的是，北方和南方的女巫本性善良，她们对我不会造成危害；但是东方和西方的女巫本性却极其邪恶，如果她们知道了我的本领不及她们，她们一定会置我于死地而后快。就这样，多年来我就生活在对她们的极度恐惧之中。你们现在一定能够想象得出来，当我听到多萝茜的房子掉在东方恶女巫的身上，将她压死了时，我的心中是多么的快活啊！当你们来见我时，我曾答应过你们，只要你们能够杀死另一个恶女巫，我就答应你们的任何请求。现在你已溶化了她，但我只能惭愧地说，我没有能力实现我对你们的承诺。”

多萝茜说：“我认为你是一个十足的坏蛋！”

“啊，不是的。亲爱的，我是一个真正的好人，但我必须承认，我是一个十分蹩脚的魔术家。”

“你不能够给我脑子吗？”稻草人问道。

“你用不着它，因为你每天都在学习一些新东西。一个初生的婴儿也有脑子，但他知道不了多少事情。经验是知识的唯一来源，你在这个世界上生活得愈长久，你的经验就会愈加丰富。”

“你说的可能完全是真话，”稻草人说，“但除非你给我脑子，否则我心里还是十分不快乐。”

这个假巫师十分专心地注视着稻草人。

“好吧，”他叹了一口气，说道，“我前面已经声明过，我不是一个好的魔术家，但是如果你明天早晨来见我，我会给你的脑袋里装进一些脑子的。然而，我不能够告诉你使用脑子的方法，你必须自己摸索出使用它们的法子。”

“啊，谢谢你，谢谢你！”稻草人高兴地叫道，“你不用担心，我一定会找到使用它们的方法。”

“那我的胆量又该如何解决呢?”胆小狮焦急地问道。

“我相信你有极大的胆量,”奥芝回答说,“你所需要的只是自信而已。当面临危险的时候,没有一种动物是不感到害怕的。真正的胆量,是当你在害怕的时候,仍然能够勇敢地面对危险,而你并不缺少这种胆量。”

“也许我有这种胆量,但是我还是照样感到害怕,”胆小狮说,“除非你使我忘记自己是胆小狮,否则,我将仍旧是十分不快乐的。”

奥芝回答说:“那好吧,明天我将给你那种胆量。”

“那我的心又该怎么办呢?”铁皮人问道。

“哦,至于这个问题,”奥芝回答说,“我想你要一颗心的想法是错误的。那东西使大多数人生活得不快乐。只要你明白了这个道理,那么,没有一颗心正是你的运气所在。”

“这只是一个不同的看法罢了,”铁皮人说,“在我看来,如果你把心给了我,我将忍受世界上的一切不快乐,绝不会有半句怨言。”

“很好,”奥芝无可奈何地回答他,“明天来见我吧,我将给你一颗心。我既然扮了这么许多年的大巫师,明天再假装一次也无所谓。”

“现在谈谈我的问题,”多萝茜说,“我怎样才能够回到堪萨斯去呢?”

“我们将不得不面对这个难题,”矮老头回答说,“你给我两三天的时间来认真地考虑这件事情,我将想出一个带着你穿越那片沙漠的法子来。同时,我会像招待贵宾一样来款待你们。你们将住在我的王宫里，我手下的人将会侍候你们，他们将会尽力满足你们哪怕是最小的愿望。只有一件事情，我要请求你们帮助我，作为对我帮助你们的报答——那就是，你们必须保守我的秘密，不要告诉任何人，说我是一个骗子。”

他们都承诺不说出他们已知道的秘密，兴高采烈地回到了自己的房间。即使多萝茜本人也希望那个“伟大的可怕的骗子”——她现在就是这么称呼奥芝的——能够想出一个法子，将她送回堪萨斯去。倘若他能够做到这一点，她将宽恕他的一切行为。

16　大骗子施展魔术

第二天早晨，稻草人对朋友们说道：

“请祝贺我吧，我马上就要到奥芝那儿去取回我的脑子了。当我回来后，我就跟普通的人没什么两样了。”

多萝茜直截了当地说道：“我总还是喜欢你现在的这个样子。”

稻草人回答说：“你喜欢一个稻草人，这说明你心地善良。但当你听到我的新脑子冒出一些奇妙的想法后，你就会对我刮目相看了。”

于是，他用快乐的声调与他们道别，就一个人跑到宫殿中去，敲着门。

奥芝说：“进来。”

稻草人走了进去，看见矮老头一个人坐在窗户旁边，脸上露出一副沉思默想的神情。

稻草人稍带点局促不安的表情说："我来取我的脑子。"

"啊，那好吧，请坐上那把椅子。"奥芝回答说，"你必须原谅我，因为我要取下你的头来。为了将脑子放在你脑袋中合适的地方，我不得不这么做。"

"没有问题，"稻草人痛快地说道，"你尽可以取下我的头，只要当你再把它安上去的时候，比原先那一颗更好就行。"

于是，这个魔术家就取下稻草人的头来，掏空了里面的稻草。然后，他到后面的房间取来一些米糠，往里面加了一些钉子和针，并摇动着使它们混合均匀。接下来他将这混合物放入稻草人脑袋的顶部，再用稻草填满其余有空隙的地方，防止它漏出来。

奥芝将稻草人的头重新安到他的身体上，然后对他说道："从现在起，你就是一个大人物了，因为我给了你一个崭新的脑子。"

稻草人眼见自己最大的心愿得以实现，心中既感到快乐，又充满了骄傲。在对奥芝表示了衷心的感谢后，他回到了朋友们身边。

多萝茜用充满好奇的目光打量着稻草人，因为他的脑袋里装进脑子后，顶部显得十分地突出。

"你的感觉如何？"她问他道。

"我觉得自己真的变聪明了，"他急切地回答说，"当我习惯了用脑子思考后，天下的一切事情都难不倒我了。"

"那你的头上怎么会冒出这么多针和钉子呢？"铁皮人不解地问道。

“那只是证明他的思维是敏锐的。”胆小狮在一旁评论道。

这时，铁皮人说：“好了，现在我必须到奥芝那里去要我的心了。”

于是，铁皮人来到宫殿门前，敲着门。

“进来。”奥芝大声喊道。

铁皮人走了进去，对奥芝说：“我是来取我的心的。”

“很好，”矮老头回答说，“不过我先得在你的胸脯上挖一个洞，这样我才能将你的心放在适当的地方。我希望这不会伤害到你。”

“啊，不会的，”铁皮人回答说，“我不会感到任何痛苦的。”

于是，奥芝取来一把锡铁匠使用的大剪刀，在铁皮人胸口的左边剪开了一个四方的小洞。然后，他走到一个抽斗柜旁，从抽屉里取出一颗漂亮的心。它完全是用丝线织成的，里面填满了木头屑。

“这难道不是一颗漂亮的心吗？”他问道。

“啊，它真是一颗十分漂亮的心，”铁皮人回答说，他极大地快活着，“但是，这颗心善良吗？”

“啊，它是十分善良的。”奥芝回答说。

奥芝将这颗心放在铁皮人的胸膛里，然后，再在剪开的地方补上一块马口铁，将它们焊接在一起。

“唔，”他说，“现在你拥有一颗心了，我相信，世界上的任何人都会为拥有这样一颗心为荣的。我感到抱歉的是，在你的胸脯上打了一个补钉，但这实在是一件没有办法的事情。”

“别把这事放在心上，”铁皮人快活地喊道，“就这样我都十分感激你了，我将永远不忘你的大恩大德。”

“不要客气。”奥芝回答说。

于是，铁皮人回到他的朋友们身边，他们都祝贺他的好运，希望他今后的日子充满欢乐。

现在轮到胆小狮了。它来到宫殿门口，敲着门。

“进来。”奥芝喊道。

胆小狮爬了进去，声明道：“我是来取我的胆量的。”

“很好，”矮老头答道，“我去给你取来。”

他走到一个碗橱跟前，从高的一层搁板上取下一个绿色的四方瓶子，将里面装着的液体倒进一个雕刻得十分精美的金绿色的盘子里，将它放在胆小狮面前。胆小狮嗅了一下，似乎并不喜欢它的气味。

魔术家命令道：“将它喝下去！”

胆小狮问道：“这是些什么东西？”

奥芝回答说：“唔，如果你喝下了它，它就会变成胆量。你当然知道，胆量是由身体内部产生的，所以在你将它喝下去之前，这东西还真不能叫作胆量。因此，我劝告你，尽快将它喝下去。”

胆小狮不再有丝毫犹豫了，它一口气将盘中的液体喝得干干净净。

“现在你觉得怎么样？”奥芝问道。

“我觉得浑身都充满胆量了。”胆小狮回答着，乐颠颠地跑回到它的朋友们身边，将它的好运气告诉了他们。

奥芝独自待在宫殿里，想到他已成功地给予了稻草人、铁皮人和胆小狮各自所想要的东西，脸上不禁浮出了微笑。他自言自语地说道：“当每一个人都希望我去做任何一个人都知道不可能完成的事情时，除了做个骗子，我还有什么其他的办法呢？稻草人、胆小狮和铁皮人认为我无所不能，因此哄他们高兴不是什么难事。但是，要将多萝茜送回堪萨斯去，却不是一件单凭想象就能够完成的任务，我确实不知道该如何做成这件事情。”

17 热气球是如何飞走的

已经过去三天了，多萝茜没有接到奥芝的任何讯息。虽然她的朋友们都感到十分幸福和满足，这些天来这个小女孩的心情却十分沮丧。

稻草人兴奋地告诉他们，他的脑袋里充满了奇妙的幻想，但他却无法与他们分享，因为即使他说出来，除了他本人之外，没有一个人能理解它们。

当铁皮人四处走动时，他感觉得到他的心在他的胸膛里发出“沙沙”的声响。他告诉多萝茜说，与他以前肉体凡胎的那颗心相比较，他发现自己的这颗心是更加温柔善良了。

胆小狮自豪地宣称，在这个世界上，它是无所畏惧的了，即使面对一群怪兽卡力大，它也会欣然地投入战斗。

就这样，在这个小团队里，所有的成员都感到十分满足，只有多萝茜除外，因为她此时比以前任何时候都渴望能够回到堪萨斯去。

第四天，使多萝茜感到分外高兴的是，奥芝终于传唤了她。当她走进宫殿后，奥芝兴奋地对她说：

“我的亲爱的孩子，请坐下。我想，我已经找出了使你能够离开这个国家的法子了。”

“而且还能将我送回到堪萨斯去？”多萝茜急切地追问道。

“唔，这一点我可不敢保证，”奥芝说，“因为我压根儿就不知道通向堪萨斯的道路。但我想我们应该首先想法子越过那片大沙漠，然后，找到那条通往你家的路就会很容易了。”

多萝茜问道：“我怎样才能越过那片大沙漠呢？”

“好吧，我把我想出的办法告诉你，”矮老头说道，“你已经知道，我当时是乘坐一只氢气球来到这个国度的，而你也是由一阵龙卷风挟带着，从空中过来的。因此，我想从空中越过那片沙漠是最好的办法。但制造一场龙卷风，这是我的能力所不能及的。不过，我已经反反复复地考虑过这个问题了，我相信我能够做一个气球。”

“怎么做呢？”多萝茜问道。

奥芝回答说：“一只氢气球是用绸子缝制成的，在上面涂上胶水，使充在里面的氢气不会泄漏出来。在这宫殿里，我有许多的绸子，所以做一只气球没什么困难，难就难在在这个国家里找不到氢气，可以用来充进气球里，使它飘升到天空。”

多萝茜说：“假如它不能飘升上天，那它对我们来说一点用处都没有。”

“是呀，”奥芝回答道，“但是，用另外一种方法也可以使它飘升起来，那就是将里面充满热空气。当然，热空气没有氢气那么好用，因为热空气一旦变冷，那气球就会落在沙漠中间，我们也就完蛋了。"

"是我们吗?"女孩子高声喊道，"这么说，你将同我一起走了?"

"是的，当然是了，"奥芝回答说，"我已经厌倦做这样的一个骗子了。假使我离开这个宫殿一步，我的百姓就会立刻发现我不是一个巫师，于是他们就会迁怒于我，因为我欺骗了他们。就因为这个原因，我不得不将我整天地关在这些房间里，使我感到疲惫不堪。我情愿和你一块回到堪萨斯去，就是重回马戏班也在所不惜。"

"有你相伴我感到真高兴。"多萝茜说。

"谢谢你，"他回答说，"现在，如果你愿意帮助我将这些绸子缝制在一起，我们就可以开始做热气球了。"

于是，多萝茜拿起了针和线，一旦奥芝将绸子剪成合适的形状，多萝茜就将它们整齐地缝制在一起。奥芝剪下的第一片绸子是浅绿色的，第二片是深绿色的，第三片是翡翠绿色的，因为奥芝有一个有趣的想法：他希望这只热气球是用深浅不同的颜色制成的。

他们花费了整整三天的工夫，才将所有的绸片都缝合在一起。当它制作完成后，他们就拥有了一只二十多英尺长的巨大的绿绸袋。然后，奥芝在热气球里面涂上一层薄胶，使它不透气，之后，他就宣布热气球已制作完成了。

奥芝说："但是，我们还需要一只用来乘坐的篮子。"于是，他命令那个长着绿色胡须的士兵找来一只装衣服用的大篮子，并用许多绳子将它系在热气球的底部。

当一切都安排妥当后，奥芝就传话给他的百姓们，说他要去拜访他的一个大巫师兄弟，而他是住在云端之上的。这个消息很快就传遍了全城，人们都跑出户外来要目睹这一奇观。

奥芝命令侍从将热气球搬到宫殿前的广场上，百姓们都带着惊奇的表情注视着它。铁皮人早已砍下了一大堆木柴，现在将它们燃成了一堆火。奥芝将热气球的底部张开在火堆上空，将热空气注入绸袋。渐渐地，热气球膨胀起来，冉冉升起，直至那只篮子只轻触到地面。

这时，奥芝抬腿跨进了篮子，同时大声地对他的百姓喊道：

“现在，我要离开你们去进行一次访问。当我不在的时候，稻草人将管理你们。我命令你们要服从他，就像你们以前服从我一样。”

这时，将热气球系在地面的那根绳子已绷得很紧了，因为此时气球里面的空气是热的，这比气球外面的空气轻，要是没有那根绳子拖住，热气球就会升上天空了。

“来呀，多萝茜！”奥芝叫道，“赶快，要不然，热气球就要飞走了。”

“我到处都找不到托托。”多萝茜回答说，她可不愿意将自己的小狗留在这里。

原来，托托早已跑入人群中间，正对着一只小猫狂吠呢。多萝茜终于找到了它。她将它抱起来，朝热气球飞奔而去。

她只差几步就跑到热气球跟前了，奥芝朝她伸出了双手，想

她只差几步就跑到热气球跟前了，奥芝朝她伸出了双手，想将她拉进篮子里。恰在此时，“啪”的一声，绳子断了！热气球丢下她升上了天空。

将她拉进篮子里。恰在此时，“啪”的一声，绳子断了！热气球丢下她升上了天空。

“快回来!”她高声地叫，“我也要去!”

“亲爱的，我回不来了，”奥芝在篮中喊道，“再见了!”

“再见!”地面上的每一个人都大声喊道。每个人的双眼都紧盯住篮子中的魔术家，只见那热气球愈来愈高地飘上了天空。

这是每一个人见他的最后一面了。这个神奇的魔术家，他或许已经一路平安地到达了奥马哈，据我们所知，现在他还居住在那里，但是这儿的百姓们还爱戴他，怀念他。他们带着感恩的心情说道：

“奥芝永远是我们的朋友。当他在这儿的时候，他帮我们盖了这座美丽的翡翠城；现在他离去了，却留下了聪明的稻草人来管理我们。”

翡翠城的百姓们痛失了这位神奇的魔术家，许许多多日子以后，他们依然显得十分忧愁，心灵无法得到安慰。

18 到南方去

多萝茜再一次失去了返回堪萨斯家中的希望，她伤心地哭了。但转念一想，她又为自己没有乘上热气球飘上天空而感到庆幸。失去了奥芝，她感到十分懊恼，她的伙伴们也颇有同感。

铁皮人走近她的身边说道：“那个给了我一颗可爱的心的人就这么走了，说真的，如果我不对他表示一点哀悼之情，那我也太忘恩负义了。现在我想哭一会儿，只好麻烦你费心给我揩去眼泪，只有这样我才不会生锈。”

“好吧。”多萝茜回答说，立刻找来了一条毛巾。

于是铁皮人痛快地哭了几分钟，多萝茜在一旁全神贯注地注视着他涌出的泪水，并立刻用毛巾揩干它们。铁皮人哭够了以后，十分亲切地向她道谢，并且为了防止意外事故的出现，立即用那把镶着宝石的油壶向全身的关节注油。

现在稻草人是翡翠城的统治者了，虽然他不是一个大巫师，但百姓们仍然以他为骄傲。他们说："因为在整个世界上，再没有任何其他一个城市，是由一个全身塞满稻草的人来统治的。"就他们的知识而言，这话是十分正确的。

在那个早晨，当奥芝乘热气球飞走后，四个旅行者聚集在宫殿里开会，讨论今后的事情。稻草人坐在宽大的王座上，其余的十分恭敬地站在他的面前。

新的统治者说道："我们并没有像想象的那么不幸，不管怎么说，这个宫殿和这座翡翠城，都是属于我们的了，我们可以做我们喜欢的任何事情。我想不久之前，我还被绑在一根竹竿上，戳在农民的稻田里，而现在我已是这座美丽城市的统治者了。我对我的命运感到十分满足。"

"我也有同感。"铁皮人附和道，"我非常喜欢我的那颗新心。说真的，在这整个世界上，这是我唯一希望得到的东西。"

"至于我，只要我知道我与世界上已知的猛兽一样勇敢，即使不比它们更勇敢些，我也感到心满意足了。"胆小狮谦虚地说道。

稻草人接下去说："如果多萝茜也愿意住在这翡翠城中，那我们就可以在一起快快乐乐地生活了。"

"但是我不愿意住在这里，"多萝茜叫喊道，"我要回到堪萨斯去，和我埃姆婶婶、亨利伯伯住在一起。"

"唉，那么，我们该怎么办呢？"铁皮人问。

稻草人决心要好好地考虑一下这个问题。他思考得如此努力，以致那些铁钉和针都戳出在脑袋的外面。最后，他说道：

"为什么我们不去召唤飞猴来，请求它们带着你一起飞过那片沙漠?”

“我怎么没想到它们呢?!”多萝茜十分快乐地说，“这是一个好主意。我这就去取金冠。”

多萝茜将金冠拿进宫殿，念起了咒语，不一会儿，一大帮飞猴穿过开着的窗户飞进来，站在了她的身边。

飞猴大王朝小女孩鞠了一躬，然后说道：“你这已经是第二次召唤我们了。你希望我们为你做些什么呢?”

多萝茜说：“我请求你带着我飞回到堪萨斯去。”

但是飞猴大王却摇了摇头。

“这事办不到，”它说，“我们只属于这片国土，而且不能够离开它。在堪萨斯那块地方，还从来不曾有过一只飞猴，而且我猜想今后也不会有，因为那地方不属于飞猴。我们乐意尽我们的力量来帮助你，但是我们不能够飞越那片沙漠。再见。”

飞猴大王又鞠了一躬，然后展开翅膀穿过窗户飞走了，它的队伍也紧跟着飞去了。

多萝茜失望地几乎要哭出声来。她说：“飞猴们也不能帮助我，害得我白白地浪费了一次金冠的魔力。”

好心肠的铁皮人同情地说：“这实在是太糟糕了!”

稻草人又陷入了沉思当中，这一次他的头顶隆起得如此厉害，多萝茜害怕它会爆裂开来。

稻草人说：“让我们唤那个长着绿色胡须的士兵进来，问一下他的看法。”

于是，那个被传唤的士兵战战兢兢地走进了宫殿，因为奥芝掌权的时候，是从来不让他跨进宫殿的大门一步的。

稻草人问士兵道："这位小女孩希望穿越那片沙漠，你看她怎样才能做到这一点呢？"

"这我可说不上来，"那个士兵回答说，"因为除了奥芝外，没有人能走过那片沙漠。"

多萝茜焦急地问道："难道说就没有一个人能帮上我的忙吗？"

"格琳达可能行。"士兵建议道。

稻草人问："谁是格琳达？"

"她就是南方女巫。她是所有女巫中魔力最强大的，统治着奎德林人。而且，她的城堡就建在那片沙漠的边缘上，她应该知道怎样穿越那片沙漠。"

小女孩问："格琳达是不是一个好女巫？"

"奎德林人都认为她是一个好女巫，"士兵回答道，"而且她确实对每个人都很和善。我还听说她是一个美貌的妇人。虽然她的年龄已经很大了，但她懂得保持青春的秘诀。"

多萝茜问："我怎样才能到她的城堡去呢？"

"有一条路直通南方，"士兵回答说，"但是这条路对旅行者来说充满了危险。森林里有野兽出没，还要路经一个奇怪的部落，部落的人都不喜欢陌生人穿越他们的国土。就因为这个原因，奎德林人也从来没来过翡翠城。"

士兵说完这番话后，就离开了他们。这时，稻草人说：

"现在看来最好的办法，似乎只有多萝茜能够不顾一切危险，去到南方的国土请求格琳达的帮助。事情明摆在这儿，如果多萝茜待在翡翠城里，那她就永远别想回到堪萨斯去。"

“你还是再想想吧。”铁皮人提醒他道。

“我已经想好了。”稻草人回答。

“我要和多萝茜一块儿走，”胆小狮声明道，“因为我对你的这座城市已经感到厌倦了，我渴望回到森林和原野中去。知道不，我是一只名副其实的野兽。再说，多萝茜也需要保护呀。”

“这话一点儿都没错，”铁皮人完全赞同胆小狮的看法，“她可能也需要我的斧子的帮助，所以，我也同她一道到那南方的国土上去。”

“我们什么时候出发？”稻草人问。

“你难道也要去吗？”他们惊奇地问道。

“那当然。如果没有多萝茜，我永远都不会得到脑子，她从稻田里的竹竿上解救了我，将我带到了翡翠城。我的一切好运都是她带来的。在她最终回到堪萨斯之前，我是不会离开她的身边的。”

“谢谢你们，”多萝茜十分感激地说，“你们真是对我太好了。但是我希望越早动身越好。”

“我们明天一清早就出发，”稻草人回应道，“所以我们现在就应开始准备，这将是一次长途旅行。”

19 缠人树的袭击

第二天早晨，多萝茜与绿衣姑娘吻别。那个长着绿色胡须的士兵将他们一直送到城门口，在那里与他们握手道别。

城门卫士见到他们不禁大吃一惊，他弄不明白他们为什么要离开这座漂亮城市，去重新面对旅途中的艰难险阻。但他还是立刻帮他们取下眼镜，放回到那只绿色的大箱子里，并祝福他们一路顺风。

他对稻草人说："你是我们的新国王，所以你必须尽快地回到我们中间来。"

"如果情况允许，我一定会尽快赶回来，"稻草人回答说，"但是，首先我必须帮助多萝茜回到家里去。"

多萝茜向这位好心肠的卫士作着最后一次的道别，她说：

"在你们这座可爱的城市，我受到了很好的款待，每个人都对我很友好，我真是无法用语言来表达我的感激之情。"

卫士回答道："亲爱的朋友，你不必如此客气。我们希望你能和我们生活在一起，但是假如你愿意回到堪萨斯去，我希望你能尽快找到回家的道路。"

他为他们打开了外城的大门，于是他们走出城门，踏上新的旅途。

当他们转过身朝南方的国土进发时，灿烂的阳光照耀着大地。他们精神振奋，一边走，一边嬉戏着、闲谈着。多萝茜的心中再一次洋溢着能够回家的希望，稻草人和铁皮人为能够为多萝茜效力而感到高兴。至于胆小狮，它惬意地呼吸着野外新鲜的空气，不停地摇晃着它的尾巴，为重返原野而感到满心的快活。托托在他们的四周撒着欢儿，并且追逐着飞蛾和蝴蝶，不断发出欢快的叫声。

当他们快步向前走着的时候，胆小狮说："我是完全不适应城市生活的。自从我住在城里以来，我身体已经掉了很多肉了。现在我只盼望能有一个机会向其他野兽证明，我胆小狮已长了不少的胆量。"

于是他们转过身来，向翡翠城看上最后一眼。他们只能望见绿色城墙后面的城楼和教堂的尖顶，还有那高于其他建筑的奥芝宫殿的拱形屋顶和尖塔。

铁皮人此时感觉到他的心正在他的胸膛里咯咯作响，于是他说道："奥芝毕竟不是一个那么坏的魔术家。"

"他知道怎样给我装上脑子，而且还是一个十分不错的脑子。"稻草人说。

胆小狮接下去说："假使奥芝拥有他给我胆量中的一份，那他将会是一个勇敢的人了。”

多萝茜没什么话可说。奥芝虽然没有兑现他对她许下的诺言，但他已经尽了最大的努力了，所以她决定原谅他。正如奥芝自己所说的，即使他是一个本领有限的魔术家，但他还是一个好人。

翡翠城的四周是一片碧绿的原野，青翠的草地上长满了鲜艳的花朵，旅程的第一天他们就行进在这片原野上。那天晚上，他们仰面躺在草地上，面对夜空的繁星，美美地睡了一觉。

第二天早晨，他们又动身赶路，直到走近一座大森林跟前。这座大森林左右都望不到边，看样子他们无法绕过去，更重要的是，为了怕迷路，他们也不敢改变前进的方向。因此，他们必须找出一处最容易进入森林去的位置。

走在前面的稻草人最终发现了一棵大树，它的枝节伸展得很开阔，正好容得下一个团队从它底下穿过。于是，他率先朝这棵大树走去。但是，正当他走到最前边的树枝下面时，它们都弯下来缠住了他的身子，紧接着，把他从地上高高地卷上去，并且头朝下地将他抛回到旅行的同伴中间。

这次突然袭击并没有损伤稻草人的身子，但他的精神受到了极大的恐吓，当多萝茜拉他起来时，他看上去是一副晕乎乎的模样。

胆小狮在一旁叫道：“在这儿的树中间还有另外一个地方可以穿过去。”

“让我先去试一下，”稻草人说，“因为我即使被抛来抛去也不会受伤的。”说着这话时他已经靠近了另外一棵树，它的树枝立即又缠住了他，再将他抛了回去。

多萝茜惊叫道："这事可真是奇怪，我们该怎么办呢？"

胆小狮说："这些树木似乎是铁了心要向我们挑战，阻止我们前进了。"

"让我来试试看。"铁皮人肩扛着斧子，径直朝那第一棵树奔去，它先前对待稻草人的手段可真是残忍啊。当一枝大树枝弯下来缠他时，铁皮人猛力将斧子一挥，将它劈成两段。那棵树立刻颤动着所有的树枝，呈现出一副疼痛的模样，铁皮人从它底下安全地走了过去。

他对同伴们叫喊道："过来！动作快一点儿！"

他们全都从那棵树下迅捷地跑过去了，没有谁受到伤害，只有托托被一枝小树枝缠住了。它吓得全身发抖，不停地吠叫着。铁皮人敏捷地砍断了那枝小树枝，救出了这只小狗。

说来奇怪，这座森林中的其他树木，并没有阻挡他们前进的道路。他们认定：只有那第一排的树木，才能够弯下它们的树枝来；它们是森林中的"警察"，拥有这种奇妙的本领，目的是阻止陌生者闯入森林。

这四个旅行者平安地穿过了这片林子，来到了森林的另一边。使他们无比惊奇的是，他们发现前方有一堵高墙挡住了他们的去路。这堵墙高过他们的头顶，好像是用白瓷砖砌成的，表面光滑洁净，犹如瓷盘。

"现在我们该怎么办呢？"多萝茜问。

"我将做一架梯子，"铁皮人回答道，"只有这样我们才能翻越这堵墙。"

20　精美的瓷器城

正当铁皮人从树林中伐来木材，忙着做一架木梯的时候，多萝茜因为长途跋涉十分疲倦，倒在地上睡着了。胆小狮也已蜷着身子睡去，托托躺在了它身边。

稻草人在一旁望着铁皮人工作，对他说：

“我实在是想不出为什么要在这儿砌一堵墙；还有，这堵墙到底是用什么材料砌成的？”

铁皮人回答说：“让你的脑子休息一下吧，别再想这堵墙的事了。当我们翻过这堵墙后，我们就自然知道那边是怎样一回事了。”

过了一会儿，梯子做成了。它虽然看上去十分粗笨，但是铁皮人相信它是结实的，并且能够达到他们的目的。稻草人叫醒了多萝茜，还有胆小狮和托托，告诉他们梯子已经做成了。

稻草人第一个爬上了梯子，但他的动作是如此笨拙，多萝茜不得不紧紧地跟随在他身后，以防他从梯子上摔下来。当稻草人爬到将自己的头露出墙顶时，他喊道：

“天啊！”

“继续往上爬！”多萝茜高声叫道。

于是稻草人继续往上爬，随后一屁股坐在了墙顶上。

这时，多萝茜的头也探出了墙顶，并且喊道：“天啊！”犹如稻草人刚喊过的那样。

随后托托也爬了上去，它立马吠叫着，但多萝茜使它安静了下来。

然后是胆小狮爬上了梯子，最后是铁皮人。他们两个从墙顶上望过去时，也都惊喊道：“天啊！”

他们并成一排地坐在墙顶上，朝下望去，看见了一片奇异的景象。

在他们面前，展现开一个阔大的城市，这个城市的地面平展、洁白、光亮，犹如一只大瓷盘的盘底。城中有一排排的房屋，全是用瓷砖砌成的，漆着明亮的色彩。这些房屋十分矮小，其中最高的也仅及多萝茜的腰部。其中也有一些精巧的小谷仓和小厩房，四周围着瓷栅栏；还有许多的牛、羊和马，以及猪和小鸡，全是用瓷材料做成的，正成群结队地站立着。

但这景象中最令人感到奇怪的，还是住在这个奇异国度中的人们。他们中间有挤牛奶姑娘和牧羊女孩，她们全都穿着有金黄色斑点的外衣，腰间系着色彩鲜亮的围裙；有骄傲的公主，她们身上全都穿着最华丽的银色、金色和紫色的长袍；有活泼的牧童，他们身上穿着粉红色、金黄色和天蓝色条纹的及膝短裤，脚上穿着饰有黄色纽扣的鞋子；有威武的王子，他们头戴饰有宝石的王冠，身上穿着白鼬皮的长袍和闪光缎的紧身马甲；还有滑稽有趣的小丑，他们身穿起皱边的长袍，两边面颊上点上了红色的圆点，头上戴着高高的尖顶帽子。最使人感到惊奇的是，这些人完全是用瓷材料做成的，即使是他们身上穿的衣服也不例外，而且他们的个子是如此的矮小，甚至都没有一个人能高出多萝茜的膝盖。

起初，除了一条紫色的瓷器小狗外，没有一个人注意到这几个旅行者。这条狗长着一个硕大的头，它跑到墙边，用一种细微的声音朝他们吠着，然后又转身跑掉了。

“我们怎样下去呢?”多萝茜问道。

他们发现那梯子十分笨重，根本就拉不上墙头去，于是稻草人就仰面从墙上倒下去，其余的人都跳落在他的身上，这样坚硬的地面就不会碰伤他们的脚。当然，他们使自己的脚尽量不要碰上稻草人的头，要不然，钉子戳进脚里的滋味肯定不会好受。当大家一起安全地跳下地面后，他们扶起了稻草人，他的身体在重压下已经变得十分扁平了。于是，他们轻轻地拍打着他身体内的稻草，使他恢复了原状。

“为了到达目的地，我们只有穿过这座奇怪的城市，”多萝茜说，“除了朝正南方向外，走别的道路都是不聪明的。”

于是，他们开始穿越这座瓷人居住的城市。他们碰见的第一件事，是看见一个瓷挤奶姑娘正在挤一条瓷牛的奶。当他们走近时，那条瓷牛忽然踢了一下腿，结果踢翻了瓷凳、瓷桶，挤牛奶的瓷姑娘也未能幸免，连同瓷凳、瓷桶一起翻倒在瓷地面上，发出很大的响声来。

多萝茜看见那条瓷母牛踢断了腿，瓷桶碎成了许多小块，那个可怜的瓷挤奶姑娘左肘上也被踢出了一个洞，不禁大大地吃了一惊。

“看啊！”瓷挤奶姑娘愤怒地喊道，“看看你们干的好事！害得我的牛断了一条腿，现在我只得将它牵到修理铺去，将它的腿重新给粘上。你们无缘无故地跑过来惊吓我的牛，到底是什么意思？”

多萝茜回答说：“我感到十分抱歉，请原谅我们。”

但是这位美丽的瓷挤奶姑娘实在是被他们的行为给激怒了，她甚至再懒得搭他们的茬。只见她恼怒地拾起那只断腿，牵上那条牛转身就走。那条可怜的畜牲，只好用三条腿一瘸一拐地跟在她后边。

就这样离开他们，这位瓷挤奶姑娘似乎又心有不甘，于是她一边离去一边不时地回过头来朝这帮愚笨的不速之客投上责备的一瞥，并将那破损的肘部紧贴在自己的身边。

多萝茜对这次事故感到十分难过。

这时，好心肠的铁皮人说：“我们在这里必须十分谨慎小心，要不然，我们就会伤害到这些可爱的小人儿，而且他们也不可能恢复到原状了。”

往前走了不远，多萝茜碰上了一位衣着最华丽的年轻公主。公主看见了这群陌生客，不由得止住了脚步，并转身逃走了。

多萝茜为了看清楚公主的模样，急忙追赶她。但是这个瓷女郎喊道：

“不要追我！不要追我！”

她的嗓音细小，并且充满了恐惧感，多萝茜不由得停住了脚步，问道：

“为什么不能追你？”

这时，公主也停住了脚步，但与多萝茜保持着一段安全的距离，然后回答道：“因为我这么跑下去就会摔倒，将自己摔成碎片。”

小女孩问：“难道你就不能修补吗？”

“唉，修补倒是能够修补的，”公主回答说，“但你要明白，一个人在修补以后，就永远不会像以前那样漂亮了。”

“我想也不会。”多萝茜同意道。

“瞧，那位是约克先生，”瓷公主继续对多萝茜说道，“他是我们这儿的一个小丑。他常常将头竖在地上玩拿大顶，好多次弄伤了自己。他身上已经修补了一百多处了，因此已经变得不好看了。现在他已经朝这边走来了，你可以亲眼见识一下。”

真的，一个神情愉快的矮个子小丑正朝他们走了过来，尽管他身上穿的红、黄、绿色相间的衣服分外美丽，多萝茜仍可瞧出他身上横七竖八地布满了裂痕，显露出了多次修补后的痕迹。

小丑将他的双手插在衣袋里，鼓起了他的脸颊，顽皮地朝他们点点头。他唱道：

我美丽的姑娘，
为什么你盯着可怜的约克先生不放？
你的身体如此僵硬

你的神情如此呆板
就像吞下了一根拨火棒。

“先生，请安静一些！”公主说，“你难道没有看见这些陌生的客人吗？你应该用恭敬的态度来对待他们！”

“好吧，我想这样就够恭敬了。”小丑说着，用头顶着地将身体倒立起来。

“不要介意约克先生的行为，”公主对多萝茜说道，“他的头以前摔坏了，这使他变得有些愚蠢。”

“啊，我不会介意的，”多萝茜说，“但你看上去多漂亮啊，我想我会十分喜爱你的。你愿意我将你带回堪萨斯去，将你摆在埃姆婶婶的壁炉台上吗？我能够将你放在篮子中带走。”

“那将使我十分不快乐，”瓷公主回答说，“你应该明白，这里是我们的国土，在这里我们可以无拘无束地谈天，随心所欲地到处走动，生活得十分如意。但我们中间无论是谁被带离这块土地，他的关节就立刻变得僵硬了，只能够笔直地站立着，变成可爱的玩物。当然，人们都希望将我们摆在壁炉台上、玩具柜中，或是客厅的茶几上，但是在我们自己的国家里，我们生活得更加愉快。”

多萝茜说：“无论如何，我都不想使你不幸福，所以我只好和你说一声再见了。”

“再见。”公主回答说。

他们小心翼翼地继续穿越这个瓷器国。一路上那些小动物和所有的人都纷纷给他们让路，生怕这些陌生人会将他们撞碎。过了一个小时，这些旅行者就来到了这个国度另一面的边界上，遇上了另外一堵瓷墙。

然而，这堵瓷墙没有原先那堵墙高，他们站在胆小狮的背上，都爬上了墙顶。然后胆小狮收紧四脚，纵身一跃也上了墙顶。但是当它跳起来时，尾巴扫倒了一座瓷材料做的教堂，将它打得粉碎。

“这可太糟糕了，”多萝茜说，“但是我想我们的运气还算不错，除了弄断了一条牛的腿和打碎了一座教堂外，没有造成其他的伤害。他们是多么的脆弱易碎啊！”

“他们天性就是如此的，”稻草人说，“感谢上天，我是用稻草做成的，不容易受到伤害。真想不到，在这个世界上竟然还有比一个稻草人更加不如的东西。”

21　胆小狮成为百兽之王

这些旅行者们在翻过了那堵瓷墙后，发现自己来到了一处令人不快的荒野。这儿到处布满了沼泽和水坑，覆盖着长长的草丛。这些野草长得十分茂密，遮蔽了他们的视野，使他们行走时很难不滑入泥泞的水坑里。然而，他们极小心地选择着行进的路线，终于平平安安地走到了坚实的路面上。但这片地方似乎比他们以前走过的地方更加荒凉了。他们在矮丛林间艰难地跋涉了好长一段路，疲惫不堪地走进了一座森林，林中的树木比他们原先所见过的都更加高大，更加显得年代久远。

“这座森林真是可爱极了，”胆小狮惊叹道，同时快乐地朝四周张望着，“我从来不曾见过比这儿更美丽的地方。”

稻草人说：“这地方看上去阴森森的。”

“才不是呢，”胆小狮回答道，“我喜欢在这儿度过我的一生。看啊，你们脚下的这些干草踏上去是多么柔软啊，那些古树身上的苔藓又是多么厚实和碧绿啊。我敢肯定，世界上没有一只野兽能够找到比这儿更好的安乐窝了。”

多萝茜说：“这森林里恐怕藏有野兽吧。”

“我想会有的，”胆小狮回答着，“只是我还没有看到哪怕是一只哩。”

他们在森林中前行着，直到天色暗得再也无法向前走了。这时，多萝茜、托托和胆小狮躺下身子睡觉，铁皮人和稻草人如往常一样为他们放哨。

天亮后，他们又动身了。但他们并没有走多远，就听到一种沉闷的声音，仿佛是许多野兽一起发出的吼叫。托托口中发出一阵呜咽声，但其他的人都没有露出胆怯的表情。他们沿着林中小径继续前行，一直走到林中一块空地上。他们看到空地上聚集着数百种不同的野兽，有老虎、大象、狗熊、狼和狐狸，以及自然界的其他一切兽类。

看到此种情景，多萝茜不由得害怕起来。胆小狮对她解释道，这些野兽们聚在一起不过是在举行一次会议罢了，而从它们的吼叫声和咆哮声中，它可以判断出它们遇到了巨大的灾难。

正当它对多萝茜说着时，有几只野兽一眼瞥见了它，这一大群野兽仿佛中了魔法似的，立刻变得鸦雀无声。

这时，体形最大的一只老虎朝胆小狮这边奔来，它朝胆小狮鞠了一躬，说道：

“啊，百兽之王，欢迎你的驾临！你来得正是时候，请你去打败我们的仇敌，给森林中的百兽再一次带来和平吧。”

胆小狮镇静地问道：“你们碰上什么麻烦事了？”

“我们都被新近侵入这座森林中的一只凶猛的怪兽吓坏了，”老虎回答道，“它是一只极其可怕的怪物，长得像一只巨大的蜘蛛，身子大得像大象，腿有一棵大树的树干那么长，而且这样的腿有八条之多。当这只怪物在森林中爬行时，它可以用一条腿卷住一只野兽并将它塞进口中，就像一只蜘蛛吞噬一只苍蝇一样。只要这只凶猛的怪物还活着，我们中间没有一个是安全的，所以当你来到这儿时，我们正在召开一个会议，讨论如何保护我们自己的问题。”

胆小狮沉思了一小会儿，然后问道：“难道在这座林子里就没有其他的狮子了吗？”

“是的。以前倒是有过几只狮子，但都被那只怪物给吃掉了。而且，它们看上去也不像你的体形这么庞大，神情这么勇敢。”

胆小狮又问道：“如果我帮你们杀死了仇敌，你们会不会听从我的命令，尊我为森林之王？”

老虎回答道：“我们将非常乐意地听从你的命令。”

空地上所有其他的野兽们都一起吼道：“我们非常乐意！”

胆小狮问道：“那只大蜘蛛现在在哪儿呢？”

“在那边的橡树林中。”老虎一边说，一边用它的前爪指点着方向。

胆小狮说：“请你好好地照顾我的这帮朋友，我现在就去和那只怪物决斗。”

它向同伴们说声再会，骄傲地向前行进着，去向那只怪物挑战了。

当胆小狮寻找到它时，那只大蜘蛛正躺在地上酣睡。它的模样长得如此丑陋，胆小狮打心眼里就瞧不上它。正如那只老虎所描述的，它的那些腿长得十分长，身上覆盖着一层粗糙的黑毛。它有一张大嘴，里面长着一排足有一英尺长的尖利牙齿，而它的头，却由一条纤细得像一只黄蜂的腰的脖子与那短而粗的身躯连接在一起。这给胆小狮提示了攻击的要害之处，而且胆小狮心里明白，在它睡着时发动攻击，比它醒着时容易得多。于是胆小狮纵身一跃，就骑在了那只怪物的背上，紧接着用它长满利爪的沉重脚掌，对准蜘蛛的头用力一击，使它身首异处。胆小狮直等到这只怪物的那些长腿停止了抽动，知道它已完全死去时，才从它的身上跳了下来。

胆小狮又跑回了林中空地，那些林中野兽们正在那儿恭候着它。它骄傲地对它们宣布道：

“从现在起，你们再也不用害怕你们的仇敌了。”

于是百兽们朝胆小狮行礼，尊称它为百兽之王，而胆小狮也许诺在将多萝茜平安地护送回堪萨斯后，就会回来统治它们。

22　奎德林人的国家

这四个旅行者平安地穿越了这座大森林。当他们从阴森森的林子中走出后，看见横亘在他们面前的是一座陡峭的大山，这座山从山脚到山顶全是由大块大块的岩石构成的。

“这座山看起来很难攀登，”稻草人说，“但无论如何我们必须爬过去。”

于是他在前头引路，其余的都跟在他的身后。他们刚刚来到第一块岩石旁，就听到一个粗粝的声音喊了起来：“退回去！”

稻草人问道：“你是谁？”

这时一个头从岩石顶上探了出来，用同样的音调说道：“这座山是属于我们的，我们不允许任何人爬过去。”

“但是我们必须爬过去，”稻草人回答道，“因为我们要到奎德林人的国家去。”

“这是不可能的！”那个声音回答道，同时从那岩石后面走出一个人来。他长着这些旅行者以前从来没有见过的奇怪模样。

他的身材十分矮小壮实，长着一颗硕大的脑袋，头顶扁平，由一个布满皱纹的粗脖子支撑着。但是他却没有双臂。稻草人看到他长的这副模样，心中十分不信就这么个无用的东西能够阻止他们爬过山去，于是他说道：

“不能如你的心愿，我感到十分抱歉。但无论你高兴或是不高兴，我们今天都必须爬过你的山去。”他一边说着，一边大胆地朝前面跨着步。

突然地，那个人的头向前射出来，快速得犹如闪电一般，而且他的脖子也向前伸直了，这样他那扁平的头顶就击中了稻草人的腰部，将他撞倒滚到了山脚下。差不多像伸出来时同样的快，那颗头又缩回到身上。同时，这个怪人狞笑着说道：

“这可不像你想象的那般容易！”

从其他的岩石后面传来一阵附和的哗笑声。多萝茜瞧见数百个无臂的铁锤头人在山坡上站立起来，每一块岩石后面都有一个。

胆小狮因为稻草人遭遇到的不幸，对这些幸灾乐祸的笑声感到十分气愤，便怒吼了一声，那回声竟犹如炸雷一般，它纵身冲上了山坡。

那颗头又迅速地射出来，胆小狮犹如被一颗炮弹击中一样，滚下了山坡。

多萝茜跑下去扶起稻草人，胆小狮带着一身伤痛跑到她的面前，说道：

“和这些射头人敌对是没有用的，没有一个人能打得过他们。”

“那我们该怎么办呢?”多萝茜问道。

铁皮人建议道:“将那些飞猴召唤来,你还拥有向它们下达一次命令的权力。”

“这主意很好。”她回答说。于是她便戴上那顶金冠,念起咒语。飞猴们立刻如往常一般,不消一刻工夫便列队站在了多萝茜面前。

“你有什么命令?”猴大王问道,同时朝多萝茜深深地鞠了一躬。

女孩子回答说:“将我们驮着飞越这座山,到那奎德林人的国家里去。”

“遵命!”猴大王应允道。飞猴们立刻用手臂托举起这四个旅行者和托托,将他们一起带着飞走。当他们飞越那座山时,那些铁锤头人懊恼地大声叫喊着,纷纷地将他们的头射向天空,但怎么样也射不到这些飞猴们。飞猴们驮着多萝茜和她的同伴们平安地越过了这座山,将他们放在了奎德林人美丽的国土上。

猴大王对多萝茜说:“这是你使唤我们的最后一次机会了,所以就此与你告别,祝你好运。”

“再见,多谢你。”女孩回答时,飞猴们已腾起在空中,转眼间就飞得看不见了。

这个奎德林人国家的生活看上去是富足和快乐的。这里有成亩成亩的良田,长满了即将收割的庄稼,有无数条路面平整的道路穿插其间。到处可见潺潺的溪水,横跨其上的是坚固的小桥。那些栅栏、房子,还有小桥,都涂上了鲜亮的红漆,犹如温基人国里漆着黄色，芒奇金人国里漆着蓝色一般。那些奎德林人长得又矮又胖，看上去圆嘟嘟的，而且天性十分善良。他们全都穿着红色的衣服，在那些绿草和黄澄澄的庄稼衬照下，显得颜色分外的鲜明。

飞猴们将他们放下的位置靠近一间农舍，这四个旅行者走近前去敲门。农夫的妻子给他们开了门，当多萝茜请求给一些东西吃时，这妇人给他们提供了一顿很好的午餐，有三种糕点，四种小甜饼，另外还给托托端来了一碗牛奶。

“从这儿到格琳达的宫里还有多远?”小女孩问道。

“没有多远了，”农夫的妻子回答道，“从这儿朝南走，一会儿工夫就到了。”

他们向那位好心的妇人道谢，然后又精神抖擞地上路了。他们沿着田地的边缘走，跨过了几座造型精美的小桥，看见前面出现了一座十分美丽的城堡。在城堡的大门前站立着三位年轻的女卫士，全都穿着饰有金边的红色制服。当多萝茜走近她们身边时，其中的一位女卫士盘问她道：

“你为什么到这南方的国度里来?”

“我到这里来是为了拜访那位统治这块地方的好女巫，”多萝茜回答说，“你能带我去见她吗?”

“请通报你们的姓名，然后我去告知格琳达，看她是否愿意接见你们。”

于是他们就告诉了她他们的姓名，这个女卫士转身走进了城堡。不一会儿，她跑回来说，多萝茜和她的同伴们将被立即接见。

23　好女巫格琳达满足了多萝茜的愿望

在见到格琳达之前，他们被带到城堡中的一个房间里。在那里，多萝茜洗了一把脸，重新梳理了头发；胆小狮抖去了它鬣毛上的灰尘；稻草人轻轻地拍打着自己的身子，使他的身材呈现出最佳的模样；铁皮人将自己的身体擦亮，并给自己的关节重新注上油。

在将自己收拾得像模像样后，他们跟在那位女卫士身后走进了一座大殿，看见女巫格琳达正坐在一个用红宝石制成的宝座上。

他们一眼瞧过去，只觉得这个女巫既年轻又美丽。她头发的颜色是深红色的，打着鬈儿披落在她的双肩上。她穿着一身雪白色的衣服，但她的一双眼睛却是蓝色的。这双蓝色的眼睛正和蔼地注视着小女孩。

她问道："我的孩子，我能为你做些什么呢？"

多萝茜于是将自己的经历告诉了这位女巫：龙卷风怎样地将她刮到了奥芝的国度里，她是如何遇见她的同伴的，以及他们在一起经历的惊奇的冒险故事。

“现在我心中最大的愿望，”她继续说道，“是要回到堪萨斯去，因为埃姆婶婶一定会想我是碰上什么可怕的事情了，这会使她伤心欲绝的；并且，除非今年的收成比去年好，否则亨利伯伯是无法维持生计的。”

格琳达俯下身去，在这个可爱小女孩仰起的甜美脸蛋上吻了一下。

“好心人必有好报，”她说道，“我相信我能够告诉你返回堪萨斯的道路。”她沉思了一会儿，又说道，“但是，如果我告诉了你，你必须将这顶金冠送给我。”

“我十分愿意！”多萝茜喊了起来，“说真的，现在这顶金冠对我来说一点用处也没有了，但你一旦拥有了它，就可以向飞猴们下三次命令哩。”

格琳达微笑着回答道：“我想我需要飞猴们的服务，而且恰好是三次。”

于是多萝茜将金冠送给了女巫。

女巫向稻草人道：“当多萝茜离我们而去后，你将干什么呢？”

“我将回到翡翠城去，”稻草人回答道，“因为奥芝已宣布我为该城的统治者，而那里的百姓们也拥戴我。我现在唯一担心的事情，是怎样越过那座铁锤头人占据的山。”

格琳达说：“我将用这顶金冠，召唤飞猴们前来，将你驮到翡翠城的城门旁，因为使百姓们失去像你这样一个神奇的统治者，是一件十分羞耻的事情。”

“我是神奇的吗？”稻草人问道。

格琳达回答说：“你是不平凡的。”

她转过身来面对铁皮人，问道：

“当多萝茜离开了这儿，你将怎么样呢？”

铁皮人将身子倚在斧柄上，沉思了一会儿，然后说道：

“那些温基人待我不错，在那恶女巫死去之后，他们请求我去领导他们，而且我也喜欢那些温基人。如果有朝一日我能够再回到那西方的国土上去，这世界上再也没有什么别的事情，能比当他们永久的领导者更令我喜欢了。”

格琳达说：“我将第二次召唤飞猴们来，它们将驮着你平安地返回到温基人的国土上去。你的脑子看上去没有稻草人的那么大，但你的脑子却更加灵光——特别是在好好地擦拭了一番后——我相信你是一个明智的领导者，能将温基人的国家治理得很好。”

然后，女巫瞧着那只巨大而多毛的胆小狮，问道：

“当多萝茜返回到自己的家中后，你又将怎么办呢？”

胆小狮回答道：“在那座铁锤头人山的另一边，有一座古老的森林，里面生活着许多野兽，它们已尊我为王。如果我能回到那林子中去，我将在那儿非常快乐地度过我的一生。”

“我将第三次召唤飞猴们前来，”格琳达说，“它们将驮着你回到你的森林中去。这样，这顶金冠的魔力就用尽了，我将把它还给猴大王，它和它的部下今后就能永远过上自由自在的生活了。”

于是，稻草人、铁皮人、胆小狮不约而同地衷心感谢着好女巫施与的恩惠，这时多萝茜却在一旁大声叫道：

“你的善良正如你的美貌一般令人赞美！但是，你还没有告诉我怎样才能回到堪萨斯去呢。”

格琳达说：“你脚上穿的这双银鞋就能带你越过那片沙漠。如果你知道它们拥有的魔力，其实在你来到这个国度的第一天，你就可以返回到你的埃姆婶婶那儿去。”

“但如果是那样的话，我就不会拥有奇异的脑子了！”稻草人在一旁叫道，“我将在农夫的稻田里虚度一生。”

“那样我也得不到一颗可爱的心，”铁皮人说，“我将在森林中继续生锈，直至世界末日的来临。”

“那我一辈子也只能做胆小鬼了，”胆小狮接着说，“所有森林中的每一只野兽都不会对我好言相待了。”

“你们说的都是真话，”多萝茜回答道，“而且我也乐意为你们这些好朋友服务。现在既然你们中的每一个都实现了自己最迫切的愿望，每一个也都拥有了自己的一片乐土，我想我也应该高高兴兴地回到堪萨斯去了。”

好女巫说：“这双银鞋拥有奇异的魔力，而尤其令人稀奇的是：在三步之内——每一步只需一眨眼的工夫——它们就能将你带到这个世界上你想去的任何地方。你只需要将鞋跟互相碰撞三下，下达命令，这双鞋将带你去你说出的任何地方。”

女孩十分快活地说：“如果你说的都是真的，我将命令它们马上将我带回堪萨斯去。”

她伸开双臂抱住胆小狮的脖子，吻着它，然后用手温柔地拍拍它那硕大的头；接下来她又去亲吻铁皮人，他正在流泪，这对他的关节而言是十分危险的举动；对稻草人，她抱住了他那塞满了稻草的柔软身体，这样她就不用去吻他那张用油漆涂抹的脸了。想到她正在与这些可爱的同伴作着痛苦的离别，多萝茜不由得也伤心地痛哭起来。

格琳达从她的红宝石座上走下来，与这个小女孩吻别。多萝茜身心都感受到了好女巫对她及她的朋友们表达的善意，对此她十分感激。

随后，多萝茜庄重地将托托抱在怀里，与同伴们做了最后一次告别，将鞋跟连续相碰了三次，说道：

“带我回家，我要去见埃姆婶婶！”

立刻，她的身子就腾在了空中。她的飞行速度是如此之快，多萝茜能够听到或感觉到的，只不过是大风刮过她的耳旁时所发出的呼啸声罢了。

那双银鞋仅仅迈了三步，就停了下来，于是她就这么突然地从空中落了下来，在她知道自己落在什么地方之前，在草地上连续打了好几个滚。

最后，她坐了起来，打量着四周。

“天啊！”她叫了起来。

因为此时她正坐在堪萨斯的大草原上，在她面前是亨利伯伯新搭的农舍，读者想必还记得，原先的那间农舍被龙卷风刮走了。亨利伯伯正在谷仓的院子里挤着牛奶。托托从多萝茜的怀中跳了出来，朝谷仓奔去，一路上欢快地吠叫着。

多萝茜站起身来，发现自己脚上只剩下了一双袜子，原来她的那一双银鞋，在空中飞行时失落了，永远留在了沙漠中。

24　重返家园

埃姆婶婶正从农舍中走出来，要去洗卷心菜。她一抬头，却看见多萝茜正向她奔来。

“我亲爱的宝贝！”埃姆婶婶惊喜地叫道，将小女孩一把搂在了怀中，在她的小脸上狂吻着，“你究竟是从什么地方跑回来的？”

多萝茜庄严地说道：“我是从奥芝那块土地上跑回来的，托托也是。啊，埃姆婶婶，终于回到家中了，我心中是多么的快乐啊！”

图书在版编目（CIP）数据

绿野仙踪 /（美）弗兰克·鲍姆著 ；曾建华译. --
武汉 ：长江文艺出版社，2018.5（2024.1 重印）
（世界文学名著名译典藏）
ISBN 978-7-5702-0267-6

Ⅰ. ①绿… Ⅱ. ①弗… ②曾… Ⅲ. ①童话－美国－
近代 Ⅳ. ①I712.88

中国版本图书馆 CIP 数据核字（2018）第 061989 号

责任编辑：程华清　　　　责任校对：毛季慧
封面设计：刘　垒　　　　责任印制：邱　莉　王光兴

出版：长江出版传媒　长江文艺出版社
地址：武汉市雄楚大街 268 号　　邮编：430070
发行：长江文艺出版社
电话：027—87679360
http://www.cjlap.com
印刷：长沙鸿发印务实业有限公司

开本：880 毫米×1230 毫米　1/32　　印张：5.75
版次：2018 年 5 月第 1 版　　2024 年 1 月第 2 次印刷
字数：105 千字

定价：35.00 元